小学館文庫

帝都の隠し巫女

零れ桜が繋ぐ縁

柊 一葉

小学館

目次

【一】巫女と式神……五
【二】あやかしの花嫁……三六
【三】八咫烏は北へ導く……一一二
【四】隠されていた真実……一五五
【五】交錯する想い……一八三
【六】神弓と甕……二二一

【一】巫女と式神

明治八年、二月。

泉縁堂《せんえんどう》の母屋を囲む木々や垣根は、真っ白く雪に覆われている。

いつもならすでに陽《ひ》が昇っている時間なのに、厨《くりや》の格子戸から見えるのは灰色の雲が広がった空だ。

「今年は雪が多いですね」

藤色の着物に濡羽《ぬれば》色の帯を締めた瑠璃《るり》は、仕事に出かけている泉《いずみ》の戻りを待ちながら食事の支度をしていた。

正月から神棚に供えていた潮鰹《しおかつお》は薄く切り身にして炙《あぶ》り、芝えびと蕪《かぶ》はからいりに、べったら漬けも丁寧に切って皿に盛りつけた。

「米も炊けたし、お味噌汁《みそしる》もできた……。お風呂も大丈夫、何とか間に合いました」

竈《かまど》の火から伝わる熱によって火照《ほて》った顔で一息つくと、廊下に座っていた勾仁《こうじん》が呆《あき》れたように言う。

『あんな男の世話をするのがそんなに楽しいか？』

「またそのようなことを言って。先生のおかげで私は毎日楽しいですよ」

勾仁は、瑠璃の亡き父が娘を守るためにつけた式神だ。長い白銀の髪はひと目でこの世の物でないとわかる美しさを放っていて、狩衣《かりぎぬ》に似た山吹色の衣を纏《まと》った姿もまた普通の人間とは異なる。

滝沢《たきざわ》家を出て泉縁堂に身を寄せることになり、まもなく半年が経《た》とうとしているのに勾仁の態度は相変わらずで、術者亡き今「霊力が尽きて消えてしまうかもしれない」という不安も忘れそうになる。

「先生はご立派な方です。お仕えできて本当によかったと感謝しています」

『はぁ……』

にこりと微笑《ほほえ》みながら答えると、勾仁は不満げに目を眇《すが》めそっぽを向いてしまった。

（勾仁だってここが気に入っていると思うのに……）

口にすれば必ず否定されるので、心の中だけに留《とど》めておく。子どものように拗《す》ねる勾仁を見て、瑠璃は苦笑した。

「さて、片付けも今のうちにしておきましょうか」

泉が戻ってくる前に、と調理道具の後片付けを始める。

泉縁堂の主人である土志田《としだ》泉は、先月二十四歳になったばかり。表向きはあさけの町でひっそりと診療所を営む町医者として通っているが、その本業は呪術医である。呪術医は陰陽道《おんようどう》の使い手で、呪いや災いを受け穢《けが》れが溜《た》まった人間を診《み》る医者だ。あやかしに襲われた傷を癒やしたり、除霊や浄化を行ったりする。

ここはもともと泉の伯父が開いた診療所で、わけ合って養子となった泉が跡を継いだと聞いた。

泉は何かあるごとに「面倒だ」と顔を顰《しか》めるが、家を乗っ取られて行き場の失《な》くなった瑠璃を奉公人として雇ってくれただけでなく、元許嫁《いいなずけ》を名乗る水無瀬《みなせ》が瑠璃を利用しようとやって来たときには不本意な結婚をしなくて済むように守ってくれた。

本人は「違う」と否定するが、瑠璃にとっては「お人好《ひとよ》しで優しい人」である。

昨夜から泉はとある士族の屋敷を訪れていて、夜が明けた頃には戻ると言っていた。

（お疲れでしょうから、好物を召し上がってもらわないと）

ほどよく火の通った芝えびを見て、瑠璃は自然と笑みが浮かぶ。

最初は食に興味がないのかと思っていたものの、共に暮らすうちに少しずつ泉の好みがわかってきた。

（先生は、お好きな物が並んでいると箸の進みが早いからわかりやすい）

用意した物は、毎日きちんと残さず食べてくれる。言葉で「うまい」とか「あれが食べたい」などと伝えてくる性格ではないが、かすかな表情や所作で反応を見るとおもしろく、今では旬の魚や野菜を使って料理を作り泉に喜んでもらうのが瑠璃の楽しみになっている。

厨での片付けが終わった頃、泉縁堂の母屋に鈴の音が鳴り始めた。

玄関の方から聞こえるその音は、泉が張り巡らせた結界に人やあやかしが触れたときに鳴り、霊力のある者にしか聞こえない。

水気を拭いた椀《わん》を棚に仕舞おうとしていた瑠璃は、嬉《うれ》しそうな表情に変わる。

「先生がお帰りになったようですね」

この雪では、足元が濡れて体が冷えているに違いない。沸かしてあった湯を桶《おけ》に入れ、手拭いとそれを持って玄関へと急いだ。

湯が零《こぼ》れないよう気を付けながら、でも足早に移動する。

勾仁は姿を煙のようにして消し、瑠璃が胸元に忍ばせている勾玉《まがたま》に戻ってしまった。

一緒に出迎える気はないらしい。

「おかえりなさいませ」

「あぁ、ただいま戻った」

軒先で傘を畳んだ後、薬籠《やくろう》を下ろした泉は返事をしながら雪を手で払う。

ふわふわとした白い雪が舞い、敷石の上に落ちた。

「お預かりいたします」

瑠璃は手に持っていた物を床に置くと、慣れた所作で泉の外套《がいとう》と襟巻を預かる。冷えた空気が頬を撫《な》で、さきほどまで厨で火のそばにいた瑠璃にはそれが少し心地よく感じた。

「今年は雪が多い」

「ふふっ、そうですね。私も同じことを思っていました」

「この辺りはさほど積もらないが、山間《やまあい》は大変だろう」

外套を脱ぎ、縦縞《たてじま》柄の黒い衣に紺色の袴姿《はかますがた》になった泉は式台に腰かける。瑠璃が持ってきた手拭いを湯で濡らし、手や顔を拭いた。

（冷えた足を湯で温めて洗って差し上げたいけれど……）

泉の背中を見ながら、瑠璃は手伝えることがないかと探す。

これまで、泉に食事の支度と掃除のほかを求められたことはない。

着替えなどの身支度も入浴の手伝いも、立場のある男性が使用人に任せる一般的な仕事であっても「しなくていい」と断られていた。

呪術医の仕事面でも、ときおり護符に使う紙の片付けや文を出すお使いをする程度で、瑠璃に霊力があるからといって特別に何か頼られることはなかった。

「あの、先生」

「いい、自分でやる」

足を拭くのを手伝おうかと口にする前に、今日もあっさりと断られた。

瑠璃は「もっと先生のお役に立ちたいのに」と残念な気持ちになるものの、本人が望んでいないのだから仕方がないと諦めた。

瑠璃は外套などを持ったまま、傍らで正座して待っていた。

「もう起きているとは。俺に合わせて寝起きする時間を変えていたらつらいだろう」

「お戻りになられたらお食事をと思いまして。慣れましたから私は大丈夫です」

笑顔でそう言う瑠璃に、泉は小さな声でそうかとだけ言った。

「今日はお早いお戻りでしたね」

依頼人は五十代の士族男性で、「悪霊を退治してもらいたい」という要望だった。丑三《うしみ》つ時《どき》になると決まって屋敷が小刻みに揺れ、恐ろしくて堪《たま》らなかったらしい。

一夜で解決できるなんてすごいと感心していると、泉はややこちらを振り向いて話し始めた。

「いや、俺は何もしていない。悪霊などいなかったのだ」

泉は士族の屋敷でのことを思い出しながら、呆れ交じりに話す。

「屋敷には俺以外にも霊媒師や除霊師を名乗る怪しげな者たちが呼ばれていて、それぞれ祈禱《きとう》をしたり妙な踊りをしたり……かなり滑稽というか珍妙な光景だった」

「そんなことが？」

話を聞いた瑠璃は目を丸くする。

霊もあやかしも、視《み》えない者の方が多い。詐欺なのか、はたまた本気で自分にそういった能力があると思い込んでいるのかは不明だが、泉には彼らのやることがさぞおかしく見えただろう。

「雪の中、庭に出て裸で踊ったところで何が祓《はら》えるというのだ」

「何でしょうね？」

異様な光景を目《ま》の当たりにした霊がいたら、恐れて逃げ出すかもしれないと瑠璃は思った。

(今の先生は、何もかも視えるから……)

出会ったばかりの頃、泉は高い霊力を持ちながらもあやかしや式神が視えなかった。しかし、今は違う。勾仁が憑依《ひょうい》したことをきっかけに、視えるようになっている。

瑠璃は屋敷での様子を想像し、そして「大変にご苦労様でした」と頭を下げて泉を労《ねぎら》った。

「悪霊の仕業《しわざ》でなければ、なぜお屋敷が揺れていたのです？」

「原因は屋敷の裏にある水路だった。どういうわけか、大量の水が流れるときの振動が伝わってきて屋敷が揺れていたのだ」

きちんと周囲を確認せず、あやかしだ祟《たた》りだと騒ぎ立てる者は多いと泉は嘆いた。

「陰陽術《おんみようじゅつ》ではどうにもな。住まいを移すか建物を修繕するか、『まずは治水《ちすい》を任されている役人と話し合え』と言って帰ってきた。とんだ無駄足だった……とはいえ、金はもらえたからよしとする」

「あら、気前のいい方だったのですね」

「あぁ、これを」

泉は懐から紙で作られた小さな包みを取り出す。

それを受け取った瑠璃は、中身をそっと開けて驚いた。

「まぁ、丁銀ですか?」

「紙幣は偽造が多く信用ならない、依頼人がそう言っていた」

円ができてまだ四年、偽造紙幣も出回っているのは聞いていた。依頼人の士族男性だけではなく、「金・銀・銭の三貨、藩札の方がよかった」という声もある。

(偽造は円に限らず、昔からあったと聞きますが……?)

皆、昔はよかったと思いたいのかもしれない。瑠璃はそんな風に感じた。

「陰陽術を一切使わず仕舞いだったが、向こうがよいと言うから結局もらってきた。暴利と非難されぬよう、置き土産《みやげ》に邪気を祓う呑符《どんふ》を渡したら喜んでいた」

おそらく、士族男性は今後も泉と繋《つな》がりが欲しいのだろう。

金払いのいい客だと思われれば、本当に何かあったときに優先して診てもらえる。

今回は実際に屋敷を訪れているので正当なお礼だと言えるが、「人に何かを頼むには袖の下を」という意識は、江戸から明治になっても変わらない。

金子だけ受け取らず呑符を渡すところに泉の人の良さを感じ、瑠璃は目を細めた。

「こちらはいつものようにしておきますね」

丁銀は包みに戻し、落ちないようにしっかりと握り締める。客から受け取った金子は神棚に半日ほど置き、その後に奥の間にある棚の引き出しに入れるのが習慣だった。

「先生、お食事の支度が整っております」

「助かる」

扉を閉めたとはいえ、玄関の空気は冷たい。

足を拭き終わった泉は立ち上がり、同時に瑠璃も同じように立ち上がる。

「え……」

そのとき頭がくらりとした瑠璃は少し体勢を崩してしまい、咄嗟《とっさ》に腕を出した泉に支えられた。

「すみません……！」

「どうかしたのか？」

尋ねられても、瑠璃も何が起こったのかよくわからなかった。

見上げれば、かすかに戸惑う泉の顔が見える。

それからしばらくじっと探るような目で見つめられ、瑠璃が居心地悪くなった頃に大きな手が頬や首すじに触れた。

「ひえっ」

その冷たさに、瑠璃は咄嗟に目を閉じて肩を竦《すく》める。

泉は手の甲を瑠璃の首に当てたまま、眉根を寄せて言った。

「熱があるのでは？　俺が外から帰ったばかりとはいえ、これはさすがに……」

「え？　そんなことは」

丈夫なことが取り柄の自分が？　と、瑠璃は驚く。熱があるなんて信じられない。

「目が潤んでいて首元が熱い。脈も速いように感じる」

滝沢の家では、十歳から隙間風の吹く粗末な離れに追いやられて暮らしてきたのに、体調を崩すことはまったくなかった。

それがなぜ、満ち足りた環境で暮らしているのに熱が出るのか？

両腕で外套を抱き締めた瑠璃は、いえいえと首を横に振る。

「私は元気です」

「いや、おかしい。今すぐ休め」

「できません。私には先生にお食事をお出しするという役目が」

「それくらい自分でできる。病人に世話をしてもらうほど困っていない」

　二人が押し問答を始めたところ、勾玉から勾仁がその姿を現した。

　泉の腕から瑠璃を奪い取るようにして囲い込むと、心配そうに顔を歪《ゆが》めて言った。

『瑠璃が熱を!?　急ぎ、医者に診せなくては！』

「医者ならここにいる」

『必要なのはまっとうな医者だ』

「俺はまっとうな医者だろうが！　本当に無礼な式神だな」

　半年経っても二人の口喧嘩《くちげんか》はちっともなくならない。

「勾仁、そのように失礼なことを言ってはいけないと何度も……」

　言葉は最後まで出なかった。

　瑠璃は次第に体が熱くなってくるのを感じていた。ふわふわとした心地で、すぐそばで言い争っている二人の声は聞こえているのに内容がまったく頭に入ってこない。

（まさか本当に熱が？　どうして朝起きたときに気づかなかったの？）

　このような状態では、とても膳を運べない。

　自分の体より、使用人として仕事ができないことの方が心配だった。

「瑠璃？　瑠璃？」

「…………」

　立ったままぼんやりとする瑠璃に気づき、泉が慌てて呼びかける。

それからすぐ勾仁に部屋へ連れていかれ、布団に寝かされるのだった。

呪い、災い、祟り。この世には悪《あ》しきものが多々蔓延《はびこ》っているが、それらに対抗し得る陰陽術を以《もっ》てしてもただの体調不良はどうにもならない。

「このような失態、誠に申し訳ございません」

「大げさだな」

藍白の古い浴衣から作った寝間着に着替えさせられた瑠璃は、火鉢ですっかり暖められた部屋で横になっていた。

布団の横に座る泉は、不甲斐《ふがい》ないと嘆く瑠璃の手首を持って脈をとる。

熱と眩暈《めまい》のほかにこれといった症状はなく、念のために泉の作った呑符を浸した水を飲んで体内を浄化したものの、瑠璃の体調に変化はなかった。

『泉、陰陽術で早く治せ』

勾仁が、すり鉢で茶色い葉や実をすり潰しながら言う。手伝えと命じたのは泉だったが、おとなしくそれに従っているのは勾仁の瑠璃を案じる気持ちからだろう。

横になったまま、瑠璃はぼんやりと二人の様子を眺めていた。

「風邪はどうにもならん」

『知っている』

「だろうな!?」

こいつは本当に……!　とぼやいた泉は、歯をぎりっと噛《か》み締める。でもすぐに深呼吸をして平静を取り戻そうとしていた。

そして瑠璃の方を見て、小さく息をついてから告げる。

「瑠璃もわかっているだろうが、陰陽術で風邪は治せない。だが、呑符が効かぬということはただの風邪だという証《あかし》でもある。つまりは、休んでいれば自然と治る」

「はい……ありがとうございます」

少し喋《しゃべ》っただけで自分の息が熱いと気づかされる。熱が上がって体は温かいはずなのに、寒気がしてきて身震いをした。

「ここへ来て半年か。気が抜けたのだろう」

「気が……!　大変に申し訳ございません」

先生をしっかりとお支えしなくてはいけないのに、と瑠璃は嘆く。

泉はその反応を見て、しまったという顔をした。

「いや、違う。俺の言葉がまずかった。気が抜けたというか、安心したのではないか？　滝沢にいた頃は気を張っていて、それがようやく解けて熱が出たのかと思う」

瑠璃は、安心という言葉が妙にしっくりきて小さく頷《うなず》く。

泉縁堂での暮らしがいかに幸せか、改めて気づかされた。

「とはいえ、瑠璃」

泉は瑠璃の手首を離し、じっと顔を見つめて尋ねる。

「食事はきちんと取っているのか？　あまりにも細い」

そうは言われても、滝沢の家にいた頃よりもはるかにいい食事をしている。

（毎日きちんと食事が取れていて、十分なはずなのに）

ゆっくりと瞬《まばた》きを繰り返すだけの瑠璃に、泉は自分の着ていた羽織も布団の上へ被《かぶ》せてから諭すように言う。

「気づかなくてすまなかった。毎日たくさん用意してくれていたのは、俺のためだけに……だったのだな。瑠璃もしっかり食べているのだと思い込んでいた」

「いえ、そのようなことは」

確かに、泉と同じ料理は食べていない。

とはいえ、自分が粗食を続けているわけではないと思うし、一日三度も白米が食べられるのにどうしてそんな風に謝られるのかわからなかった。

（野菜の煮物もお味噌汁も、お漬物だって食べていて、ごく普通の食事なのに？　卵だってときどき口にしている。何がいけないの……？）

奉公人にしては十分すぎるくらいだと本気で思っていた。

けれど、泉は瑠璃の考えていることを読み「今のままではダメだ」と言う。

「量が少なすぎるのでは？　おそらく、瑠璃は滝沢での暮らしと比べて今の方がいいと思っているのだろう？　そうではなくて、これまでより太るつもりでたくさん食べなければ」

『瑠璃が来るまで、炭のような飯や魚を食っていた男がそれを言うのか』

「…………」

勾仁の一言に、泉は気まずそうな顔で黙り込む。

瑠璃が初めて泉縁堂に来た日、泉が作った食事は炊きすぎて焦げた白米に煮崩れした野菜でどろどろとした味噌汁、焦げてほぼ炭と化した魚といったものだった。

あのときは必死で口に入れたが、正直なところ二度と食べたくない。食事をしない式神から見ても酷《ひど》い出来だったらしく、勾仁は眉を顰《ひそ》めて泉を見る。

「私はきちんと食事を取っているつもりでした」

ただし風邪を引いてしまったのは事実で、反省する部分もあった。

『できたぞ』

勾仁がすり鉢を泉に向かって差し出す。粉になった生薬を湯に溶かし、食後に飲むと体にいいのだと泉は説明しながらすり鉢を受け取った。

「あの、先生。私がやりますから」

主人にそんなことはさせられない、と恐縮する瑠璃。しかし体は思うように動かない。そんな瑠璃に対し、泉は「寝ていろ」と一蹴した。

　ここでふと思いついたように彼は提案する。

「そうだ、風邪が治ったら俺と同じものを食べろ」

「……え？」

　一瞬、何を言われているのかわからなかった。

（私と先生が同じものを食べる？）

　瑠璃が困惑するのに構わず、泉は名案だとばかりに笑う。

「一緒に食事をして同じものを食べれば、瑠璃の粗食と小食も変わるのではないか？　俺とは食べる時間がずれているから三食すべては無理だろうが」

「先生、それはさすがにいけません。私は奉公人であって、先生は先生でいらっしゃって……その、戸主でございますよ？」

「誰がそれを気にする？　ここには二人しかいないのだから双方が納得していればよいだろう」

「私が納得していませんが……？」

　瑠璃は懸命に泉を説得しようとしたが、思考がうまくまとまらない上に言葉を発するのもつらくなってきていた。

（もう、あとで考えよう）

とにかく今は早く治さなければ。瑠璃はいったん抵抗をやめ、おとなしく寝に入る。

泉はそれを了承したと受け取ったらしく、すり鉢を持って部屋から出ていく。

なぜか後に続いた勾仁が、厨で怒る声が聞こえてきた。

『おまえ、薬はともかく米をどうする気だ！　粥《かゆ》は作るなよ!?　瑠璃が死ぬ！』

「粥くらい作れるぞ」

『恐ろしい男だ……！　弱った人間に何たる非道なことを』

「だから作れると言っておるだろう!?　そのように詰《なじ》られる謂《いわ》れはない！」

それからもしばらく二人の口喧嘩のようなやりとりが続き、瑠璃は熱に浮かされながらずっとそれを聞かされていた。

厳しい寒さが日に日に和らぐ三月。

すっかり元気になった瑠璃は、久しぶりに泉縁堂を訪れた客人を出迎えた。

「雪泰《ゆきやす》様、ようこそいらっしゃいました。お待ちしておりました」

「お久しぶりです。瑠璃さんも変わりないようでよかった」

「はい、おかげさまで」

笑顔で出迎えれば、雪泰もまた爽やかな笑みを返す。

青い長衣に紺色の羽織姿でやってきた雪泰は、陰陽師一族の名家・鷹宮《たかみや》家の当主という立場でありながら一奉公人の瑠璃にも気さくに話しかけてくれる人物だ。

『キュウ？』

雪泰の足下では、イタチの式神がかわいらしく小首を傾《かし》げていた。そのつぶらな瞳はこちらをじっと見つめていて、あまりの愛らしさに瑠璃は胸を手で押さえる。

このイタチは雪泰が作った思業式神で、勾仁のように戦う術はなく、ただ「文を届ける」といった単純な命令を遂行するための式神だ。

雪泰が泉縁堂を訪れたのは年の暮れの一件以来だが、月に一度はこのイタチが文を運んできていた。

「あなたもいらっしゃい。よく来てくれましたね」

『キュイ』

自我はないはずなのに感情があるかのように返事をするイタチを見て、瑠璃は微笑ましく思う。

「どうぞ中へ。すぐに先生を呼んでまいります」

瑠璃は雪泰を客間へ案内すると、奥の間にいる泉を呼びに行く。

事前に文をもらっていたので、泉はいつもより早く起きて雪泰の来訪を待っていた。

客間で向かい合って座った二人に、瑠璃が温かい緑茶と食事を出す。

イタチは、縁側で丸まって寝ている猫の姿の毛倡妓《けじょうろう》と共にひなたぼっこをし始めた。それを見て目を細めた雪泰は、「ここは落ち着きますね」と呟《つぶや》く。

「鷹宮はまだ落ち着かないのか？」

茶をすすった後、泉が尋ねる。

雪泰は困ったような顔で笑って「そうですね」と答えた。

鷹宮家はその腕を買われ、昔から公家《くげ》や武家に仕えてきた。しかし時代と共に権威は失われ、昨年はついに傘下の本郷《ほんごう》家から裏切り者が出て、雪泰も怪我《けが》を負った。

（怪我は癒えても、お家のことはなかなかに難しいでしょうね）

泉のそばに控えていた瑠璃は、雪泰の苦労を察する。

「本郷家は一部の者を残して離散となりました。事実上の取り潰しです。双方に死者も出ましたから、これからも手を取り合うということはできませんでした」

「妥当だな」

だいたい予想通りなのだろう、泉はあっさりとした反応だった。

これが一昔前なら、鷹宮に刃を向けた本郷家は親類縁者すべて始末されてもおかしくない。雪泰の話では、父と祖父はそうするべきだと憤っていたそうだが、そこは雪泰が現当主の権限でどうにか収めたらしい。

「明治の世になり、我らにかつての栄華はありません。だれもかれも殺していては、一族の仕事が成り立たなくなってしまいます。禍根を残すのもよくありません」

後始末に三ヵ月、ようやくここから新しく一族を作り直すのだと雪泰は語った。その顔は幾分かすっきりした様子で、迷いが消えたように感じられる。

「それで今日はあのときの礼を……と思い、こうしてやって来たのですが」

「礼などいらない」

「ははっ、泉禅《せんぜん》ならそう言うと思っていました」

『泉禅』は、泉が鷹宮家にいたときの名だ。雪泰は今も弟をそう呼んでいる。

「今日はついでですよ。銀座で人と会った後に寄らせてもらいました。大火によって何もかも燃えてなくなった場所に、西洋風のレンガ造りの建物が並んでいて活気が戻りつつあります。もう少し暖かくなれば、泉禅も瑠璃さんと一緒に行ってみてはどうですか？　桜の時期にでも」

そう言うと、雪泰は持ってきた木箱から半紙の包みを取り出した。包みの中には、茶色い丸いパンが幾つも入っているのが見える。

「流行《はや》りの西洋菓子を買ってきました。大村屋《おおむらや》のアンパンは餡子《あんこ》が入っているので泉禅が好きそうだと思いまして。瑠璃さんもぜひ一緒にどうぞ」

「ありがとうございます」

白くて四角いパンなら美術商の九堂《くどう》から分けてもらったことがあり、瑠璃も何度か食べたことがあった。

それが、今度は餡子入りだと言う。

雪泰に勧められて食べてみれば、泉も瑠璃もその甘さに目を瞠《みは》った。

「うまい」

「おいしいです……！　温めなくても崩れてこないのですね」

こんなにおいしい物があるとは、瑠璃はまた一つ学んだと嬉しくなる。

雪泰は二人がもぐもぐと頬張るのを楽しげに眺めていた。

そして食べ終わった頃を見計らい、今度は雪泰が泉に尋ねる。

「先日もらった文に『折り入って相談したいことがある』とありましたが、何か困りごとでも？　泉禅が私を頼るなど初めてなので、ずっと気になっていました」

雪泰は、兄の目をしていた。自分よりはるかに技量のある弟が「相談したい」など、何かあったに違いないと心配してくれたのだろう。

ただし今回、泉が持ちかけようとしているのは瑠璃の式神、勾仁についてだった。

こうして瑠璃が同席しているのもそのためだ。

「雪泰に、式神について聞きたかったのだ」

「式神ですか？」

「あぁ、まずは実際に見てもらった方が早い」

泉がそう言って瑠璃を見る。

瑠璃はすぐに勾玉を懐から取り出し、それに向かって呼びかける。

「勾仁、出てきてください」

長い白銀髪がふわりと揺れ勾仁が現れ、瑠璃のそばに胡坐《あぐら》をかいた。

勾仁は扇を広げ、妖しげな笑みを浮かべて雪泰を見た。

『久しいな、雪泰』

「はい、お久しぶりでございます。その節はお世話になりました」

雪泰は、勾仁の不遜な態度にも笑顔で返す。

怒らせないかと一瞬ひやっとした瑠璃だったが、雪泰の器が大きくてよかったとほっとして胸を撫でおろす。

泉もやや呆れた目を勾仁に向けていたが、気を取り直して雪泰に尋ねた。

「雪泰に聞きたかったのは、術者が亡くなっても式神だけがこの世に残ることがあるのか、ということだ」

「え？」

泉が話を切り出すと、雪泰は驚いた顔になる。

——雪泰の方が俺より術式に詳しい。勾仁のことを聞いてみるか？

文を出す前、泉はそう言っていた。でも、この反応を見るに雪泰にも心当たりはないらしい。

「式神は、術者が亡くなればその瞬間に消えるものです。たとえ残ったとしても、一日もつかどうか？」

「やはりそうか」

「でもどうしてそのようなことを？　まさか勾仁殿は……？」

雪泰は怪訝《けげん》な顔で勾仁に目を向ける。

すると、勾仁がそれに答えた。

『私を喚《よ》んだのは瑠璃の父、滝沢成澄《なりずみ》だ。成澄は七年前に死んでいる』

「そうでしたか……。私はてっきり瑠璃さんが術者なのだと思っていました。それこそ、何の疑いもなく」

雪泰は少し動揺した様子を見せ、もう一度小さな声で「そうでしたか」と呟いた。

（鷹宮のご当主でもわからないとは、父様は一体どんな術を使ったのかしら？）

父は名のある陰陽師だったがあくまで藩主に仕える立場であり、家格や歴史でいうと鷹宮家には及ばない。

それなのに、なぜこのようなことができているのか？　瑠璃の疑問は深まる。

しばらく考えていた雪泰は、改めてこの状況を否定した。

「普通はあり得ません。式神は術者と繋がっていますから。瑠璃さんがお父様から式神を譲り受けるにしても、陰陽術を使えないのであればそれは不可能です」

「はい、私は何も……。霊力はありますが、術を使うことはできません」

「巫女《みこ》であっても、術は使えないのですね」

雪泰がつい口にした言葉に、瑠璃はどきりとする。

巫女とは陰陽師の家系におよそ百年に一人生まれる『神のお告げを賜《たまわ》る娘』で、未来を夢で予知することができる特別な存在だ。

瑠璃はずっとそれを隠してきて、知っているのは泉と雪泰、それに滝沢の家で以前働いていたタケの三人だけである。

(雪泰様が秘密を守ってくださる方でよかった)

巫女であることが多くの者に知られれば、水無瀬のように瑠璃を利用して出世を目《もく》論《ろ》む者もまた出てくるかもしれない。

(勾仁のことも巫女の力が影響して……？　ううん、考えすぎよね？)

瑠璃の表情は次第に曇っていく。

それに気づいた泉は話題を変えた。

「実は今、俺には勾仁が視える」

突然のことに、雪泰は絶句する。本当に視えるのかと、信じられない様子だった。

「あのとき憑依されたことで、勾仁の姿だけが視えるようになったらしい。〝目〟が完全に戻ったわけではないのだが……」

これは、事前に打ち合わせていたことだった。

――雪泰と会えば、〝目〟が戻ったことは遅かれ早かれ気づかれるだろう。ただし一族の者に知られるわけにはいかない。

泉は『勾仁だけが視える』とした。やむを得ない嘘《うそ》だった。

――雪泰は俺の〝目〟のことで責任を感じているから教えてやりたいが、知れば鷹宮の父に対し隠し事をさせることになる。だから今は言わないでおく。

泉は、雪泰のことを気遣いそう決めたのだ。

(先生の〝目〟が視えなくなったのはご自分のせいだと、雪泰様はおっしゃっていた)

鷹宮家にいた頃の泉は、わずか八歳にして稀代《きたい》の天才と持て囃《はや》され、傲慢な子どもだったそうだ。そんな弟に嫉妬心を抱いていた雪泰は、あるとき親しくしていたあやかしに本音を漏らしてしまった。『弟を困らせたい』『人より劣る気持ちを味わえば反省するだろう』と。

あやかしは、友だちとして雪泰の願いを叶《かな》えた。泉から〝目〟を奪ったのだった。

どれほど霊力があろうと、視えない者に家は継げない。泉は鷹宮家を勘当され伯父の下へ身を寄せることになり、雪泰はずっとそれを後悔していた。

泉の方はというと「こうなったのは自業自得だ」と言い、兄を恨んでなどいない。

加えて、雪泰より心からの謝罪を受けたことで二人の関係は昔のように戻りつつあると瑠璃は思うのだが、雪泰が今も責任を感じているのは明らかだ。

(先生も雪泰様にすべてを打ち明けられず苦しいはず。でも、私は先生が鷹宮家に連れ戻されないよう、〝目〟のことは隠しておいてほしい)

瑠璃は、黙っていることを心苦しく思う。勾仁のことが視えるようになったと聞いて嬉しそうに笑う雪泰を見れば、なおさら胸が痛んだ。

「それはよかったですね……！　勾仁殿が視えるようになっただけでも、大きな一歩だと思います。いずれは元に戻る可能性もあるのでは？　あぁ、本当によかった！」

これがきっかけで、〝目〟が元通りになるかもしれない。雪泰は希望を口にした。

「俺にも勾仁が視えるということもあって、このまま放っておくわけにも……な。それで雪泰の力を借りたいのだ」

少し遠慮気味にそう言った泉とは反対に、雪泰は笑顔で快諾する。

「わかりました。私の方でも調べてみます。術者がすでに亡くなっているのなら、急ぎ対処した方がいいでしょうし」

「よろしくお願いいたします」

雪泰も、勾仁が消えてしまう可能性があると考えたのだろう。瑠璃を気遣って、言葉を選んでくれたのがわかる。

「ただ、当家は火と土を得意とする家系です。滝沢家は水と風……できれば同じ一族の者に話が聞ければよいのですが」

すでに滝沢家を離れた瑠璃が親族を頼ることはできず、しかも彼らに話を聞くことができたとしても善意で協力してくれるとは限らない。

泉もこれには難色を示した。

「滝沢東吉郎《とうきちろう》が当主になれたくらいだ。滝沢の一族に期待はできないだろう。次の当主も未《いま》だ決まらずで、名家のはずがなぜあそこまでなり手がいないのか疑問だ」

「泉禅。もう少し柔らかな言い方を、ですね……？」

雪泰は、はっきりと物を言う泉に困り顔だった。

しかしここで勾仁が珍しく泉の言葉に同調する。

『あの家はもう終わったのだ。成澄の代でな』

娘として思うところはある。ただ、勾仁が『終わった』と言うのも理解できた。

（これも時代なのかもしれない）

指先に視線を落とす瑠璃に、雪泰が真剣な顔で問いかける。

「不躾《ぶしつけ》な質問ですが……滝沢成澄殿が生きているという可能性はないのですか？」

「父が？」

もしも密《ひそ》かに身を隠して生きているなら、勾仁がこうしてずっと留まっていられるのも説明がつく。

(私もできればそうあってほしい……)

けれど、瑠璃は静かに首を振った。

「私は、父と母の亡骸《なきがら》に対面いたしました。まだ子どもでしたが、両親を他人と間違えることはございません。それに、当時の使用人たちや一族の者たちも顔を葬儀で確認しています。残念ですが、父が生きている可能性はございません」

幼いながら、あのときのことははっきりと覚えている。

きれいに整えられてはいたものの、あちこちに傷があり血が固まって筋になっていた。母は安らかに眠るように亡くなっていて、再び目を開けて微笑んでくれることはなかった。一方で、父の土気色をした顔は怖いくらいに無表情だった。

(真っ先に思い出す父様の顔が死に顔だなんて。思い出はたくさんあったはずなのに)

それが堪らなく残念だった。

『あれは間違いなく成澄だった。間違えるはずがない』

勾仁も苦い顔でそのように答えた。

黙り込んでしまった瑠璃を見て、雪泰は悪いことを聞いたと謝罪する。どうかお気になさらず、と瑠璃は無理やり笑顔を作った。

「今やるべきは勾仁を留める方法を探すことだな。そう心配せずとも、何か方法はあるはずだ」

瑠璃が気落ちしていると思ったのか、泉が励ましてくれる。その目は「何とかしてやる」と言ってくれたような気がして、瑠璃は頼もしく思えた。

「はい……！　そうであってほしいと思います」

不思議なことに、大丈夫だと前向きな気持ちになれた。自然と笑みが零れ、ずっとこうして暮らしていけるのだと希望が持てる。

ただし、そう思ったのは瑠璃だけのようだった。

『ふんっ、おまえの世話にはなりとうない』

不貞腐《ふてくさ》れたようにそっぽを向く勾仁を見て、泉が呆れた目を向ける。

この期《ご》に及んでも、素直に泉に従うのは気に食わないらしい。

「勾仁、今は先生と雪泰様に助けていただくしかないのですよ？　あなたからもきちんとお願いするのが筋というものです」

『嫌だ』

しゅるっと煙になった勾仁は、納得しないまま勾玉に戻っていく。

瑠璃はため息をついた後、かしこまって頭を下げた。

「先生、雪泰様。勾仁が失礼をいたしました」

「いえ、お気になさらず。式神にも色々いますから」

雪泰は笑って許してくれる。

泉は「いつものことだ」とさらりと流した。

その後はたわいもない話をして、雪泰は「ひな子が待っているから」と言って帰ることになった。ここへ寄ることは言っていないそうで、あまり長居すると家の者に怪しまれると苦笑いしていた。

外まで見送った二人の顔を見ながら、雪泰はふと思い出したかのように尋ねる。

「そういえばいつまで瑠璃さんを使用人にしておくのです？　泉禅ももう二十四、妻を迎えて家族を持つべきだと私は思います。瑠璃さんに頼んでそうしてもらいなさい」

「なっ……！」

雪泰の表情も声音も、からかっている様子ではなかった。本気で弟を案じてそう言っているのが伝わってくるから、泉は狼狽《うろた》えた様子で絶句する。

瑠璃はどうしていいかわからず、ただ笑って否定するしかなかった。

「ご冗談を……、私はそのようなことを考えたことはございません」

近頃は朝晩の食事を共にしていて「まるで家族のようだ」と思ったことが何度もあった。でもそのたびに、勘違いしてはいけないと自分に言い聞かせた。

雪泰は残念そうに眉尻を下げ、また来ると言って帰っていった。

その背を見送りながら、瑠璃は心の中で思う。

(先生はずっとお一人でいるつもりなのでは……。それに、妻を迎えるとしてもお相手には良家のお嬢様がふさわしい。私はここで先生にお仕えできるだけで十分)

妻になりたいだなんて大それたことを思ったことは一度もない。ただ、泉が妻を迎えるという先のことを思うと胸にもやもやとしたものが広がって苦しくなった。

それが何なのかわからず、瑠璃は言葉にしようのない戸惑いを感じていた。

隣にいる泉の顔を見られなくなり、雪泰の姿が曲がり角へ消えた後も瑠璃はずっと前を見ていた。

しばらくすると、泉が気まずさに耐えかねたように声をかけてくる。

「――三月といってもまだ寒い。中へ入るぞ」

「は、はい」

一人で先に母屋へ戻ればいいのに、そうしないところが優しいと思った。

泉の後ろを歩きながら、広い背中を見つめて反省する。

(先生の優しさに甘えすぎないようにしなくては。私は強引に押し掛けた使用人で、訳ありの巫女なのだから)

冷えた手をぎゅっと握り締め、瑠璃は自分にそう言い聞かせた。

【二】あやかしの花嫁

春の兆しが見えても、まだ夜風は冷たい。

瑠璃は玄関や廊下の行灯《あんどん》に油を足し、夜中に来る客が困らないように屋敷の中を整えて回る。

玄関以外の戸を閉める際には、母屋の周りをせっせと走っていく小鬼たちを見かけた。手のひらに乗るくらいの小さな黒い体の鬼たちは、巫女である瑠璃のそばにいたくて集まってきたあやかしだ。

彼らは害意がない上に、人懐っこい。瑠璃の仕事を手伝おうとして、夜の間に畑の雑草を抜いてそれを食べてきれいに処分し、早朝には水汲《みずく》みも積極的にしてくれる。

今も瑠璃が「おやすみなさい」と言って手を振れば、ぴょこぴょこと飛び跳ねて手を振っていた。日中は茂みの中に隠れているので、会えるのは夜だけだ。

また、ときおり現れる送り提灯《おくりちょうちん》というあやかしは、どこからともなく現れて瑠璃が戸締りしやすいように手元を照らしてくれる。

見た目は普通の手持ち提灯なので、初めて会ったときはとても驚いた。

（先生は何もおっしゃらないけれど、またあやかしが増えている……）

皆聞き分けがよく、大きな赤い鳥やウサギの耳を持つ狸《たぬき》のあやかしたちがやって来たときは「できればここではなく近くの寺に住んでくれないか」と提案したところ、機嫌よくそちらへ向かってくれた。

（あやかし好きの和尚さんがいるお寺があって助かった）

巫女に会いたくて遊びに来ているだけだとわかるのであまり無下にもしたくないが、増えすぎても正直なところ困ってしまう。

今のところ泉が何も言わないのは、邪悪な心を抱いた瞬間に結界があやかしを弾《はじ》き出すことに加え、勾仁が瑠璃を守っているからだろう。

母屋を一通り回って確認した後、瑠璃は自分の部屋へと戻る。

床の間の手前に置いてある菫《すみれ》の絵が付いた三味線が目に留まり、かすかに口角が上がる。これは昼間、橋口菊《はしぐちきく》の使いの者が届けてくれた物で瑠璃にと譲られた品だった。

――かような物があれば、心が安らぐときもございましょう。

文にはそう書かれていた。

おそらく、瑠璃の身の上を慮《おもんぱか》ってのことだろう。

（橋口様には何もお話ししていないのに、私が元々使用人でないことはお見通しなの

かもしれない）

泉縁堂で働き始めてから、九堂や橋口のほかに顔見知りは随分と増えた。買い物に出たときに挨拶を交わす町人たちだ。彼らからは決まって最初に「どこかの大店《おおだな》の娘か華族のお嬢さんかと思った」と言われていた。

（三味線は、私が弾けると思って……。橋口様なりに案じてくださっているのね）

身分ある娘がやむなく働きに出て、泉縁堂に引き取られた。

そんな風に解釈したのかもしれない。

でも残念ながら、十歳までしか三味線を習っていなかった瑠璃は弾ける自信がなかった。眺めておくだけなのはもったいなくて、何度か触れてみては元に戻して……を繰り返す。

『誰か教えてくれる人はいないの？』

「毛倡妓」

瑠璃の隣に寄ってきた毛倡妓が、ちょこんと隣に座って尋ねる。

いつから見られていたのだろうかと、瑠璃は少し恥ずかしくなり居住まいを正す。

「そんな人はいません。でも私はどこにも嫁ぐ予定はありませんから、三味線など習う必要がないのです。贅沢《ぜいたく》はできませんよ」

良家の子女なら、親がこぞって教養を身に付けさせる。将来のため、箔付《はくづ》けとして必要だからだ。華族令嬢でなくなった瑠璃には、その必要がない。

琴、三味線、舞踊よりも炊事場での仕事を覚える方がよほど役に立つ。

毛倡妓はしっぽを左右に振り、理解できないといった顔で疑問を口にした。

『必要があるとかないとかそんなの関係ある？　弾きたいなら弾けばいいじゃないの』

あやかしは、己の心に正直である。

やりたいことはやるし、嫌なことには従わない。

自分とはまったく異なる考え方に、目から鱗《うろこ》が落ちたようだった。

（私がこれを弾いてもいいの？）

身分や立場に関係なく、己の心の思うままに。そんなことが許されるのだろうか？

確かに、瑠璃が三味線を弾いても、誰に咎《とが》められることもない。

『瑠璃が楽しいと私たちも楽しいわ！　だから変なこと気にしないで好きになさいな。人間なんてあっという間に死んじゃうんだから、好きに生きなきゃ損よ』

毛倡妓らしい考え方に、瑠璃はくすりと笑う。

「ありがとう」

『それじゃ、出かけてくるわ。生きのいい男が歩いていないか、町の方へ行ってくる』

夜はあやかしの時間だ。

器用に後ろ足で頭の毛を整えた毛倡妓は、襖《ふすま》を開けて出かけていく。

人間の美女に化け若い男の生気を吸い取る毛倡妓は、人が夜も出歩くこれからの季節、精力的に出かけていくのだ。

「いってらっしゃい。どうかほどほどに」

『わかってるわよ。男を弄《もてあそ》ぶときは生かさず殺さずってね、私はごちそうと共存する性分なの』

「ごちそう」

毛倡妓からすればそうに違いないが、その同族である瑠璃は複雑な心境だった。

トタトタと軽い足音が廊下に響く。

愛らしい猫の後ろ姿が消えると、瑠璃はそっと襖を閉めて行灯の火を消した。

びゅうと風の鳴る音がして、瑠璃はぱちりと目を開ける。

するとそこはあさけの町の通りで、道沿いに植えられた柳が風に煽《あお》られ揺れていた。

夜空には星が煌《きら》めいていて、なぜこんなところにいるのかと疑問を抱く。

(あぁ、これは夢だわ)

辺りを薄紅色に染める桜吹雪。実際には桜が咲くのはまだ少し先だろう。

「きれい……」

おもむろに手を伸ばすも、花びらは瑠璃の手に落ちることなく消えていく。その美しい桜に触れることはできなかった。

夢とわかっていても、花びらにそっけなくされた気分になり少しだけ寂しい。

「私はどうしてここに？」

紺色の着物に臙脂《えんじ》色の帯、瑠璃が着ているこの衣は橋口菊からもらったものだった。

見覚えのある景色だが、ここがどの通りかははっきりと思い出せない。

何となく誰かに呼ばれたような気がして、桜の木に沿ってふらりと足を進める。空には星が瞬《またた》いていて、人通りがまったくないことから夜更けだと思われた。

しばらく歩いていくとそば屋の提灯が煌々《こうこう》と光っていて、「こんな夜中に？」と瑠璃は疑問に思う。その赤い光を横目に、大きな屋敷の板張りの塀に沿って歩いた。

（また先生に何かが起こるの？　見落とさないようにしなくては）

以前は、泉が橋口邸のそばで浪人たちに襲われるのを予知した。今回もまた泉に何かが起こるのかと緊張が走る。

そのとき、暗い夜道を照らす灯籠《とうろう》の灯《あか》りが目に入った。

屋敷の勝手口に通じる小さな門があり、瑠璃はふと敷地の中へ目を向ける。

「こんな夜に人が？」

手持ちの灯りを持った寝間着姿の若い娘が、まるで幽霊のように生気のない顔つきで歩いているのが見えた。

目は落ちくぼみ、頬はこけ、随分とやせ細っている。ときおりびゅうっと強い風が吹き、娘の長い髪を激しく揺らした。

「あの……」

話しかけても、やはり返事はない。

瑠璃はその娘の後を追い、屋敷の敷地内に入る。

不穏な空気を感じ取り、娘をじっと探るようにして様子を窺《うかが》う。

母屋の裏に着いた娘は、壁際に積んであった薪《まき》の前ですっとしゃがみ込む。

(厨の裏?)

近くに井戸があり、立派な桜の木もある。

(どこかの店かしら?)

この辺りには材木屋や小間物問屋、料理屋など多くの店があり、行ったことはないが芝居小屋もあると聞いている。

瑠璃が建物を見て次に視線を娘に戻したときには、うっすらと煙が上がっていた。

「火が……!」

娘が持っていた灯りを投げ落としたのだと気づいた瑠璃は、咄嗟に駆け出した。

しかし、これは今起こっていることではない。

どんどん大きくなる炎を前に、実体のない瑠璃は何もできなかった。

「このままでは屋敷が！　誰か、誰か来て……火を消して！」

人を呼んでこなければ、と思うのに瑠璃の声は誰にも聞こえない。

どれほど叫ぼうと誰一人として出てこなかった。

振り返れば、火を放った娘がまだそこにいることに気づく。

パチパチと薪が弾ける音。娘の顔が燃え盛る火で明るく照らされる。

「どうして」

娘は逃げようともせず、ただじっと屋敷が燃えるのを見ていた。頬には涙が伝っていく。

（この人は、もう……）

魂が宿っていない、そんな風に感じられた。

たとえ今ここで瑠璃の声が彼女に聞こえたとして、「逃げて」と言ってもそうしないだろうと直感する。

「誰か、火を消して！」

瑠璃は無駄だとわかっていても必死に叫ぶ。

人々が火事に気付いたときにはすでに手遅れで、次々と木造の屋敷に火が燃え広がった。

——水を持ってこい！　火の手が上がっている！

——もう無駄だ、逃げろ！

——早く、早く西へ！

逃げ惑う人の波の中で、瑠璃はどうすることもできずに立ち尽くしていた。

（南から風が！）

突風に煽られ、木造の建物があっという間に炎に包まれていく。

このまま町全体が呑《の》み込まれれば、怪我人も多数出るだろう。焼け出された人々は路頭に迷い、悲惨な状況になる。

巫女が知るのは大切な人の危機だ。おそらくこの火事で、誰か親しい人物の命が危険に晒《さら》されるはず。

「この方角は、まさか橋口様のお屋敷も？　それに泉縁堂も危ない」

もう誰も失いたくない。瑠璃の脳裏に両親の最期がよぎった。

瑠璃は両手で口元を覆い、震える手をぎゅっと握り締める。

（火事が起こることを早く知らせなければ……！）

そう思った瞬間、はっと目が覚めた。

真っ暗だが、ここが自分の部屋であることはわかる。

体は眠っていたのに、急いで走ってきたかのように息が上がっていた。

『瑠璃、どうした？』

「勾仁」

仰向《あおむ》けで眠っていた瑠璃の頬に、その顔を覗《のぞ》き込む勾仁の髪がさらりとかかった。

震える手を勾仁の顔に伸ばすと、ぎゅっと強く握られる。

「火が、町の人たちが、助けなければ……燃えてしまって」

落ち着いて話さなければと思うのに、出てくる言葉はとりとめのないものだった。

それでも勾仁は何があったのか察してくれる。

『また夢を視たのか？』

「はい」

瑠璃はゆっくりと上半身を起こし、勾仁の腕を強く掴《つか》む。

「私はどうしたら……！　先生にも早くお伝えしなければ」

『落ち着け。まだ何も起きていない。大丈夫だ』

すぐに立ち上がろうとする瑠璃を抱き留めた勾仁は、まずは冷静になれと諭す。

（まだ火事は起きていない。あれは夢だとわかっていたはずなのに）

腕の中でじっとしていると、次第に頭が冷えて状況が理解できるようになってきた。

今はまず、夢で視たことを思い出して整理しなくては。そう思えるようになった瑠璃は、そろそろと勾仁の腕から離れて大きく息をついた。

「もう落ち着きました。夢の内容を伝えたいので、先生のところへ行きます」

あさけの町は古い屋敷が多く、瑠璃が視た火の手はわずかな時間でここにも迫ってくるだろう。瑠璃よりもはるかに知り合いの多い泉にとっても、見過ごせない話だと思う。

勾仁によれば、今夜は客が早々に帰っていったので泉は茶の間で書物を読んでいると言う。

（今でも巫女だと知られたくない気持ちは変わらない。でも、今回ばかりは失われる命が多すぎる）

瑠璃は布団の横に畳んであった綿入れ半纏《はんてん》を着ると、すぐに部屋を出て泉の下へ向かった。

◆◆◆

客足もまばらな蕎麦所《そばどころ》、佐竹屋《さたけや》の店内。

泉によればここは職人が通う店で、夜明け頃から客がやってきて昼過ぎには店じまいになるらしい。

今、瑠璃たちが座っている狭い座敷に客はいない。泉と瑠璃を除けば客は窓辺の席にいる二人組の男だけなのは、まもなく暖簾《のれん》を片付ける頃だからだ。

「ここは主人の意向で夜中も提灯の灯りを消していない。わかりやすい目印を覚えていてくれて助かった」

夜が明ける少し前、寝間着に半纏を羽織っただけの瑠璃が茶の間に行くと泉は大層驚いていた。

瑠璃はこのような姿ですみませんと詫《わ》びた後、やや強引に泉の正面に座って夢のことを説明した。

「まさか先生がお店をご存じとは驚きました。私が夢で視たのは確かにここです……まだ桜は咲いておりませんね」

格子戸の隙間から見える木々は、蕾《つぼみ》すらつけていない。

柳があるのは同じだが、桜が咲いていないのを見た瑠璃は安堵《あんど》の表情を見せる。

「瑠璃が視た付け火は、早くても半月ほど先だろう。桜はしばらく咲かない。今からこの辺りを捜し回れば、それらしい屋敷が見つかるのではないか？」

「はい。でも、よろしいのですか？」

瑠璃は上目遣いに泉を見る。泉はこうして急遽《きゅうきょ》出かけるために先んじて仕事を片付け、寝ていないせいできっとつらいはずだと案じていた。

泉は厨房《ちゅうぼう》の方を眺めながら、「構わん」と言った。

「寝るのを逃すことくらいわりとある。それに今日は蕎麦を食べにきたと思えばいい」

「……はい」

瑠璃は少しだけ緊張が緩み、笑みを漏らす。

（先生がいてくださってよかった。火事を防ぐのはあさけの町のためで私のためではないけれど、それでも嬉しい）

提灯が見つかれば店に入る必要もなかったのだが、泉は「まずは腹ごしらえだ」と言った。あれもまた、瑠璃がずっと強張《こわば》った顔をしていたからではないかと想像する。

そのとき、頭にさらしを巻いた青年が蕎麦を運んできた。

瑠璃は初めて見る白い蕎麦に驚きつつ、「いただきます」と言い箸をつけた。

「ん……つゆが甘くておいしいです」

「そうだろう？　俺はこちらの方が好きだ」

「ふふっ、先生は甘い菓子もお好きですし、お食事も甘めの味付けがお好みですものね。煮物も煮魚も」

あっという間に食べ終わった泉を見て、瑠璃は待たせてはいけないと急いで蕎麦をすする。

「気にせずゆっくり食べろ」

「はい、お気遣いありがとうございます」

そう言いつつも、懸命に蕎麦を口に入れる瑠璃。

泉は少々呆れた目でそれを見ていた。

「瑠璃は他人を気にしすぎる。蕎麦くらい好きなように食えばよい」

焦って喉に詰めては元も子もないと諭された。

瑠璃はそれを聞き、ごくんと飲み込んだ後で箸を止める。

「似たようなことを毛倡妓にも言われました。変なことを気にせず好きにしろと」

「俺があやかしと同じことを言ってしまうとは」

嫌そうな顔をする泉を見て、瑠璃はくすくすと笑う。

視えるようになってもあやかしを避けるのは変わらず、毛倡妓と泉はほとんど会話をしていなかった。

（それなのに似たようなことを言うとは、おかしなこともあるものです）

瑠璃に笑われ、泉は気まずそうに視線を通した。

「私も変わりたいと思います。もちろん人様にご迷惑をかけるのはいけませんが、先生も毛倡妓もそのように言ってくれるのですから、せっかくなので……」

「そうか」

瑠璃は残りの蕎麦を平らげ、「ごちそうさまでした」と丁寧に手を合わせる。

これから付け火の娘がいた屋敷を捜しにいかねばと意気込んでいると、店の者に勘定を渡した泉がこちらを向いて言った。

「火事は昔からしょっちゅう起きる。いざとなれば俺が結界を張るから無茶はするな」

「町全体にですか？　そんなことをすれば先生の御身が……」

「少々疲れるだけだ。それに〝目〟が戻ったおかげで使える術が増えたから、ほかにもやりようはある」

泉が冗談を言っているようには聞こえなかった。

その表情や声音から、何とかできるという自信が伝わってくる。

「いいか？　瑠璃の力は瑠璃のものだ。それをどのように使うかは己が決めること、責任など感じる必要はない。あまり力に振り回されるな」

「え……？」

夢を見たからには、火事を止めるのが自分の役目だと思っていた。だからこそ、瑠璃は泉の言葉に驚き、すぐに返事ができなかった。

(力をどう使うかは、己が決める。それは私が何もしなくてもいいということ？　役に立たなくても私に責任などないと先生はそうおっしゃるの？)

二人は店を出て、がやがやと賑《にぎ》やかな通りに紛れる。人々の顔は活気に満ちていて、今ここに火事が起こると知っている者は一人もいない。

(私は焦っていたんだ)

泉の言う通りだと思った。

何とかしなくてはと気だけが急《せ》いて、ずっと不安が募り続けていたのだ。

(これでは、何か手がかりを見つける前に私の方が参ってしまう)

思い出すのは両親のこと。

夢で視たのに救えなかったということが、今も瑠璃の心に重くのしかかっている。

二度とそんなことにならないよう、巫女の力を役立てたいと思うあまり過剰に気を張っていたのだと気づいた。

「さて、瑠璃が視たという桜はこっちか」

「……先生」

桜の木に沿って歩いていこうとした泉を呼び止める。

どうした、と聞きながら振り向いたその顔を見ると、無性に胸が苦しくなった。

「先生は私を心配してくださったのですね。やはり先生はお優しい方です。本当にありがとうございます」

深々と頭を下げ、礼を述べる。

泉はやや慌てた様子で、「頭を上げろ」と瑠璃の肩に右手を置く。

「俺はそこまで人好しじゃない。ただ、追い込まれた人間は必ず面倒事を引き寄せる。それが嫌だっただけだ」

「先生はいつもそのように否定なさいますけれど、私は先生ほど優しい方に会ったことはありません！」

「そんなわけないだろう!?　目を覚ませ、勘違いだ」

いつか盛大に騙《だま》されるぞ、と泉は右手で頭を押さえて顔を顰める。ただし、そう口にすれば「ほらまた心配してくださっている」と瑠璃が笑うので泉はぐっと押し黙るしかないようだった。

「ありがとうございます。あまり気負わずにやっていきます」

穏やかな笑みを浮かべる瑠璃。

「あ、あぁ。そうしてくれ」

ここに、いつの間にか出てきていた勾仁が割って入る。

『瑠璃、巫女自らが動かずともちょうどいい手駒がいるのだから使ってやれ』

「それは俺のことか？　この際だ、おまえだけは燃えるよう祈っておく」

『はっ、式神に火は効かぬ』

「どうかな、業火は試していないだろう？　地獄のな」

行き交う人々には勾仁の姿は視えない。

（いけない、このままでは先生が桜の木と喧嘩しているように見えてしまう）

狼狽えた瑠璃は、二人の言い争いを必死で止めるのだった。

それからしばらく、瑠璃の記憶を頼りに桜の木を辿《たど》って歩いた。

見覚えのある柳が揺れているが自信はなく、「果たしてこれはいつ見たものだろうか？」と首を傾げる。

「以前もこの辺りに来ましたよね？　先生に小間物を買っていただいたときに」

「そうだな」

しかも夢で視たのは夜だった。

どこも似たような作りの建物が並んでいて、なかなかこれといった屋敷が見当たらない。

「おお、これは土志田先生！」

二人が並んで歩いていると、茶屋から出てきた恰幅《かっぷく》のいい男性に声をかけられた。

黒い小袖に茶色の羽織姿のその人は、白髪交じりで四十代後半くらいの目鼻立ちがくっきりした人だった。

「お久しぶりです、善《ぜん》右衛《え》門《もん》殿」

顔見知りらしく、泉はぱっと明るい笑みで挨拶を交わす。

その笑顔はさきほどまで勾仁と言い争っていたときとはがらりと変わり、すっかり呪術医《仕事》の顔だった。

「おや、先生。いつの間に嫁を取ったのです？　これほどの美人を今までどこに隠しておられたのか？」

善右衛門は、泉と瑠璃の顔を交互に見てかなり驚いていた。

「は？　いえ、この者は」

「祝言はいつです？　大野屋《おおのや》にお任せくだされば、奥方によく似合う最高の婚礼衣装をご用意いたしましょう」

そんな予定はない。

勘違いだと言ってもらおう、瑠璃はちらりと泉に視線を向ける。

しかしここで、大野屋という名に気づいて目を瞠る。

（呉服問屋の……！）

大野屋といえば表通りに大きな店を構える帝都有数の呉服問屋で、奉公人は数百人を下らない。橋口に言われて瑠璃の衣服や小間物を買いに行ったのもその店だった。

「善右衛門殿、違います。この者は泉縁堂で雇っている使用人で、瑠璃と言います。私たちはそのような関係ではございません」

泉が否定すると、善右衛門は残念そうな顔になる。

「そうですか。いよいよ先生にも、と思いましたが早とちりでしたか」

肩を落とした善右衛門を見ていると、瑠璃は何だか申し訳ない気持ちになった。

「私は昔から先代の土志田基孝《もとたか》先生に世話になっておりましてね、その跡を継いだ泉先生にも何かと面倒を見ていただきましたので」

「善右衛門殿、私はただ依頼を受けて呪物を祓ったまで」

五年ほど前、商売敵によって呪いをかけられた善右衛門を救ったのが泉だと言う。

「私は呪いなど存在しないと思っていました。よもや、自分が呪われるとは……」

泉の護符をもらい肌身離さず持っていたところ、わずか二日で自分の体から黒い煙が出ていったらしい。

「どんな薬を飲んでも祈禱を受けても止まらなかった咳《せき》がぴたりとなくなり、手のしびれも消えました。あれは本当に驚きましたよ」

もう二度とあのような思いはしたくない、と善右衛門は笑って言った。

瑠璃もつられて笑みを浮かべる。

「ご無事でようございましたね」

「はい、先生のおかげで未だに商いを続けることができています。商売人は命より金が大事と言いますが、いざ己の命が危うい状況になればいくら払ってでも助かりたいと思うものです」

　ははは と豪快に笑っていた善右衛門が、ここで妙に沈黙する。

　泉はその表情も気になったようで、窺うように尋ねた。

「どうかしましたか？　何か心配事でもあるようなお顔ですね」

「……ええ、まぁ」

　瑠璃も気にかかり、善右衛門を見つめる。

　すると、彼は思い立ったように話を切り出す。

「先生、実は娘がしばらく床に臥《ふ》しておりまして」

「お嬢さんが？」

「はい、医者には診せたのですが『どこも悪いところはない』とそればかりで。五人の医者が五人ともそう言いました。とにかくしっかりと食事を取って、体を休めて、また元気な娘に戻ってもらいたいと手を尽くしてはいるのですが……」

「よくなっていない、と」

　善右衛門はため息をつきながら頷いた。

　娘の名前は大野みね。十七歳になったばかりで、昨秋から少しずつ体調を崩し始めて近頃では一日のほとんどを寝所で横になっているらしい。

「みねは内気で優しい子でした。それがどういうわけか、不調が現れてから急に気性が荒くなったことも気になります。癇癪《かんしゃく》を起こしては使用人らにきつく当たって、手が付けられないこともあると皆から聞きました。この春には店の若い者と祝言をあげることが決まっていたのに、それもこの様子では延期せざるを得ません」

そのロぶりからは、困り果てているというのが伝わってきた。

「急に気性が荒くなったというのは妙ですね。体が思うように動かず苛々《いらいら》して家族に当たる、という話はよくあることですが」

泉も違和感を抱いたのか、何やら思案するそぶりを見せる。

「先生、どうか娘のみねを診てやってくれませんか？　先生の姿を見かけたら、『もしや娘も私のように呪われているのではないか？』と思ったのです」

自身も一度呪いを受けているだけに、その可能性に思い至ったのだろう。善右衛門の心配はもっともだった。

(呪いで性格が変わるなんてことがあるのかしら？　あやかしに取り憑《つ》かれ、正気を失っている方がまだ理解できるけれど……)

話を聞いているうちに、瑠璃もみねのことを案じる気持ちが湧いてくる。先生はどうするのだろうとちらりと視線を送れば、泉は少し迷いながらも善右衛門の頼みを聞くことにしたようだ。

「薬籠を持ってきていないので今日は診るだけになりますが、みねさんにお会いすれば悪しきものに囚《とら》われているかどうかはわかるでしょう。今から屋敷に伺っても？」

「はい、ありがとうございます……！　屋敷はこちらです」

善右衛門はぱっと明るい顔つきに変わり、泉と瑠璃を自分の屋敷に案内した。

店は大通りにあるが屋敷はこの先に構えていて、自分と娘、それに使用人たちもそこに住んでいると言う。

善右衛門の後に続いていると、泉が瑠璃に顔を寄せて囁《ささや》いた。

「すまないな。付け火の場所はまたこの後で捜そう」

「はい、その方がいいと私も思います」

親が子を思う気持ちは瑠璃にも想像できる。愛娘《まなむすめ》が呪われているのかもと思ったら、居ても立ってもいられなかったのだろう。

（あ……この辺りはもしかして）

歩きながら、瑠璃はどきりとする。

善右衛門が向かった先は、瑠璃が夢で視た景色とそっくりだったのだ。「もしやここから近いのでは？」と注意深く辺りを見る。

「こちらです」

立派な屋敷の前で、善右衛門はそう言った。

小槌《こづち》の模様が彫られた漆塗りの門扉からして、さすがは大野屋の屋敷といった豪華さである。

「ここは……」

屋敷を囲む板張りの塀を見て確信する。

鼓動が徐々に速くなり、瑠璃はそっと泉の袖を引いた。

「先生、このお屋敷です」

泉は瑠璃の顔を見て、「ここか」と呟く。思わぬ形で目的の場所が見つかった。

「さぁ、どうぞ中へ」

「失礼する」

善右衛門と使用人らに招き入れられ、泉と瑠璃は門をくぐって母屋の中へ入る。

(もしやこの方たちの中に？　顔を見ればわかるかもしれない)

瑠璃は、付け火の犯人が使用人らの中にいるのではと思い、一人一人の顔を順番に見て捜していく。

けれど、出てきた二十人ほどの女性たちはいずれも瑠璃の母親くらいの年齢で、夢で視た犯人と同じ顔はない。

「たくさんの使用人を雇っていらっしゃるのですね」

「母屋には六十人ほどおります。これでも人手が足りないくらいなのですよ」

「そんなに……？」

善右衛門は「七十だったか？」と呟いていて、全員を把握していない様子だった。あまりの多さに瑠璃は圧倒される。

泉も同じことを考えていたようで、「使用人の中から犯人を捜すのは一苦労だな」という心情がその顔つきから感じられた。

みねの寝所は二階の奥。善右衛門に連れられた二人は、まっすぐにそちらへ向かう。ちょうど世話係が部屋から出てきたところで、みねが起きていることを確認できた。

善右衛門が声をかけると、中から「はい」という返事が聞こえてくる。

中には、布団の上で上半身を起こし窓の外を眺めている若い娘がいた。

濃茶色の髪は腰まであり、乾燥してやや広がっているところから栄養がいきわたっていないことが見て取れる。

「お父様？　何か御用でも？」

みねは、そっけない言葉を父親に投げかけながらこちらを見た。気怠《けだる》そうな目に痩せた頬と首筋、見るからに病人のそれだった。

（この人は……！）

涙を流しながら火を放った娘。

夢で視た人が目の前にいることに、瑠璃は絶句した。

「こちらは土志田泉先生だ。以前、私が世話になった名医だよ」

「…………またお医者様ですか？」

みねは、突然やってきた泉と瑠璃を怪しんでいるのが見て取れる。その目は「診察はもううんざりだ」と言っていた。

「初めまして、みね殿」

にこりと笑って挨拶をする泉だったが、みねの態度は変わらずそっけない。ふいと視線を逸《そ》らし、不機嫌そうな顔をする。

「みね」

「…………」

「みね、挨拶をしなさい。具合が悪いことと礼儀を欠くことはまた別だ」

「…………帰っていただけません？」

「みね！」

これには思わず善右衛門も声を荒らげる。

ほんの少しのやりとりだけで、親子の仲があまりうまくいっていないことが窺えた。どの家でも父親の言うことは絶対的で、それは大野屋のような大商家であればなおさらのはず。みねの様子があまりに意外で、瑠璃は呆気《あっけ》に取られた。

一方、泉はこのような揉《も》め事《ごと》にも慣れているようで、明るい笑みを浮かべながら善右衛門の前に出た。

「善右衛門殿、突然やってきた者を警戒するのは当然です。ここは私に任せて、下で待っていていただけませんか？」

「しかし」

「そのための私ですから。どうかお願いします」

泉に説得され、善右衛門は渋々といった顔で寝所を出る。

襖が閉まり、階段を下りていく足音まで確認してから泉はみねの方を振り返った。

「すみませんね。医者というものは、呼ばれれば患者を診るのが役目です。金子だけもらって帰るわけにはいきませんので、少しだけ診せていただけますか？」

まだ警戒してこちらを睨《にら》んでいたみねだったが、抵抗しても無駄と悟ったらしく
「少しなら」と小さな声で言った。

「ありがとうございます」

泉は笑顔で礼を言い、みねのそばに座りその手首を持って脈を取り始める。みねはそれに抗《あらが》わず、医者にかかり慣れている雰囲気さえあって堂々としていた。

(反抗的なのは、家族や使用人に対してだけなのかも)

何となくそんな気がした。

瑠璃は部屋の隅に正座し、二人のことをじっと見守る。

泉はその後、みねの目や口の中、顎の下などを診たり触ったりして確かめ、「胃の

腑《ふ》は荒れているが特に異常はない」と言う。

　また、みねを仰向けに寝かせると自身の懐に入れてあった護符を取り出し、それに霊力を込めて彼女の腹の上に置く。

「六根《ろっこん》清浄《しょうじょう》急急《きゅうきゅう》如律令《にょりつりょう》」

　泉がそう唱えた瞬間に青白い光が放たれ、瑠璃は目を細める。みねには視えていないらしく、一体この医者は何をしているのだと困惑した様子だった。

「もういいですよ。起き上がっても」

「………」

　泉が声をかけるも、みねは返事をしなかった。それに起き上がることもなく、このまま眠るつもりなのだと伝わってくる。

　泉は気分を害することもなく、「それでは」と笑顔で言って立ち上がった。

（呪いでも何でもなかったのかしら）

　瑠璃もすぐに立ち上がり、泉のそばに近づいた。そのとき、見上げた顔が少しだけ険しくなっていることに気づき、何かよくないことでもあったのかと不安を抱く。

　無言のまま寝所を出た泉は、周囲に誰もいないことを確認してから立ち止まった。

「先生？」

「面倒なことになった。みね殿はあやかしに憑かれている」

「あやかしに？　それは一体どのような……？」

屋敷にあやかしが住み着いていれば、瑠璃にもその気配がわかる。けれど、今それはまったく感じられない。

泉は腕組みをし、寝所の襖に目をやりながら説明した。

「善右衛門殿によれば、みね殿の具合が悪くなり始めたのは昨秋だ。おそらくその頃にあやかしと出合ったのだろう。大野屋の娘が夜に出歩くとは考えにくいから、気まぐれなあやかしに見つかったと考えるのが妥当か……？」

「それはどのような……？　毛倡妓のように、人の生気を吸い取るあやかしがみねさんを衰弱させているのでしょうか？」

あやかしが絡んでいるのなら、普通に食事を取ってじっと寝ているだけでは快癒しない。瑠璃は不安げな顔をする。

「みね殿の左耳の下に、桜の花びらのような形をした赤黒い痣《あざ》があった。あやかしが付けた目印だろう」

「それは取れないのですか？」

「今はできない。おそらく、みね殿は自ら望んであやかしに憑かれたのだ。甘言に唆《そそのか》されて、花嫁になる契約をしてしまったのだろう」

「あやかしの花嫁……」

善右衛門から、みねはもうすぐ祝言をあげることが決まっていると聞いたばかりだ。望んであやかしに憑かれたというのが本当なら、みねは結婚を嫌がっているのではないかと想像する。

「みねさんは、あやかしを好きになってしまったのでしょうか？」

そういったことは、ままあると聞く。

「さぁな。詳しい事情まではわからない。心が弱っているところに付け込まれただけなのか、恋心を抱いているのかは本人に聞かねばわからんだろう……まぁ、素直に話してくれるとは思えんが」

「そうですね……」

瑠璃はさきほどのみねの様子を思い出す。警戒心むき出しの目にそっけない態度。一筋縄ではいかないだろう。

何とかして助けたい、と考え込む瑠璃を見て泉は尋ねる。

「で？　夢に視たのはあの娘で間違いないか？」

「お気づきでしたか」

最初は使用人に犯人がいるのかと思っていたが、みねの寝所に入ったときに瑠璃が絶句したことから泉はそうだと気づいたらしい。

瑠璃は深く頷く。

「今よりかなり痩せていましたが、みねさんで間違いありません」

「そうか。ならば、このまま放っておくわけにはいかんな」

泉はそう言うとしばらく黙り込み、どうすべきか悩んでいるようだった。

だが「とにかく現状を善右衛門に知らせなければならない」と、答えが出ないまま階下へと向かう。

すると、階段の下で使用人らが小声で話をしているのが聞こえてきた。

――お医者様に来てもらったって治りゃあしないよ。生まれが卑しい上に体も悪くなるなんて、本当にいいとこなしだわ。

――あんた、旦那様に聞こえたら追い出されるよ？　まぁ、私もそう思うけどね。この先、あれが女主人になって私らにあれこれ命令するんだろう？　偉そうな顔されたくないよ、偽物のくせに。

使用人らは、すぐそこに泉と瑠璃がいることに気づかず陰口を続けた。

瑠璃は悲しくなり、ぎゅっと両の手を握る。

(何て酷いことを……この人たちは、みねさんのことをよく思っていないんだ)

きっと彼女たち以外にも、みねのことを悪く言う者はいるのだろう。そして悪意は言葉で、態度で、視線で容赦なくみねを傷付ける。こんな環境で暮らしていれば、体調を崩すのも仕方がないように思えた。

だが、一つ腑に落ちないことがあった。

(偽物とは何のことだろう?)

不思議に思っていると泉が「聞くに堪《た》えん」とため息をつき、わざと大きな足音を立てて階段を下りていく。

使用人らはその音に気づき、蜘蛛《くも》の子を散らすように逃げていった。

他家のことに軽々しく踏み入るべきではない。それは瑠璃も重々承知の上だが、どうにかみねを救う手立てはないものかと考え続けた。

◆◆◆

障子を開ければ、朝陽が一気に差し込んでくる。

泉縁堂の客間に敷かれた布団の上には、頭まですっぽり掛布団を被って眠っているみねがいた。

「おはようございます、みねさん。朝ですよ」

「嫌、起きたくない」

瑠璃が傍らに膝をついて揺すれば、みねは不機嫌そうな声で抵抗する。

やや強引かと思ったが、起きてもらわなければ何も進まない。着替え用の浴衣と半纏を用意し、「さぁさぁ」と起床を促した。

「私、具合が悪いのよ!? こんなに朝早くから起こさないで!」

すでに日は昇り、さほど早い時間でもない。渋々起きたみねは、叫ぶようにしながら思いきり瑠璃を睨んだ。

「寝起きする時間は先生が決めておりまして、お体のためにも言う通りになさってください」

瑠璃は奉公人として役目をまっとうしているのである。

朝きちんと起きて、体にいい食事を取り、軽い散歩をして陽の光を浴びる。そして少量の食事を済ませたら寒くなる前に風呂を済ませ、また少量の食事を取る。こういった流れを繰り返すことで、みねに回復してもらおうという算段だった。

初めてみねに会ったあの日、泉は善右衛門に『みね殿にはあやかしが憑いている』と本当のことを告げた。

善右衛門は大層驚き、そして戸惑っていた。

(呪いであれば、呪物を処分するなり呪った者に呪詛返《じゅそがえ》しを行えばいい。でも、相手が神出鬼没のあやかしならそうはいかない)

どこにいるかもわからないあやかしを捜し回って退治するのは困難だ。

泉が屋敷の周りを調べたところ、人には視えない無数の花びらが見つかった。いずれも茶色くくすんでいて今にも朽ち果てそうだったが、これこそがあやかしの訪れた痕跡だと言う。

『みね殿に取り憑いているのは、桂男《かつらおとこ》という女人を惑わすあやかしです。誰もが見惚《みと》れるほどの美男の姿をしていて、女人たちに優しい言葉をかけては連れ去って食らうと陰陽師の間では広く知られています』

言い伝えによれば、突然に心臓が止まって息絶えるか神隠しにあったようにこつぜんと姿を消す娘がときおりいて、彼女たちの身にはそうなる少し前から桜の花びらのような痣が体の一部に現れるらしい。

『みね殿の耳の下にあった痣がそうでしょう』

『そんな……先生、みねはどうなるのですか？　どうか、どうか娘をお守りください』

狼狽える善右衛門に対し、泉は冷静に言った。

『このまま待っていれば、あやかしは向こうからやってきます。でも、それがいつかはわかりません。できればみね殿の身をここから移し、泉縁堂で預かりたいのですがよろしいか？』

泉縁堂なら強い結界に守られていて、悪意のあるあやかしは入ってこられない。

娘の命が助かるならば、と善右衛門は二つ返事で了承した。

（桂男のこともあるけれど、使用人らの態度を思えばみねさんは屋敷を離れた方がいい。気丈に振る舞っていても、きっと堪《こた》えるはずだから）

瑠璃はそう感じていた。

泉も使用人の陰口は気になっていたようで、それを善右衛門に臆せず尋ねた。すると、彼は躊躇《ためら》いながらも事情を説明した。

『みねは養女なのです。五歳のときに、五十鈴《いすず》という名の吉原の禿《かむろ》だったあの子をこの家に迎えました。妻が実の娘のみねを病で亡くしてからずっと塞ぎ込んでいたので、よく似た娘がいれば元気づけられるのではと……』

知り合いから「娘さんにそっくりな禿がいる」と聞かされたときは、半信半疑だったと言う。けれど、実際にその子を見てみると亡くなった娘に瓜二つ《うりふた》だったそうだ。

『御仏《みほとけ》が寄こした生まれ変わりかと思うほどに似ておりました。口元のほくろはありませんでしたが、違いはそれだけで真《まこと》にそっくりだったのです。妻は喜び、五十鈴の名も改めて「みね」としたのです』

夫婦は本当の娘のようにかわいがり、みねも幼い頃はとても懐いてくれたと善右衛門は目を細めて懐かしんでいた。

親としてできる限りのことはしてやりたい。その一心でみねに教養を身に付けさせ、礼儀作法も教え込み、喜びそうな物はたくさん買い与えた。

着飾らせることにも惜しまず、年頃を迎えた昨年にはそれはそれは豪華な婚礼衣装を誂《あつら》えたらしい。

『妻は二年前に肺を患い亡くなりましたが、みねの婚儀を楽しみにしておりました。大きくなった今、もうしてやれることはいい婿をもらってやることだけだと私もそう思って喜平《きへい》という番頭候補の優秀な男を選びました』

ところが、みねは結婚が決まると時を同じくして体を悪くしてしまった。

病ではないということから『もしや結婚が嫌なのか』と疑った善右衛門は何度もみねに直接尋ねたそうだがはっきりとした答えは聞けなかった。

『理由もないのに結婚しないわけにはまいりません。親心とはこうも伝わらぬものかと途方に暮れています』

『………』

独り身でいる泉は、このときばかりは気まずそうに沈黙していた。

瑠璃も相槌《あいづち》を打つのは憚《はばか》られ、二人して視線を落とした。

善右衛門から一通りの事情を聞いた後、泉縁堂でみねを預かる準備がすぐに始められた。

本人をどうやって説得したのかはわからないが、翌日にはみねを乗せた馬車がたくさんの荷物と共にやってきて療養生活が始まったのだった。

「あーあ、こんなところ来るんじゃなかった！　せっかくお父様の小言から解放されると思ってきたのに、今度はおまえみたいな使用人風情に偉そうに起こされるなんて」

ここでのみねは饒舌《じょうぜつ》だった。

瑠璃を見ては嫌みや文句を遠慮なく吐き出し、わがままを言っては困らせるのを楽しんでいるように見える。

「瑠璃、何しているのよ。早く着替えさせて。本当に愚図ね」

「はい、ただいま」

みねと瑠璃は同じ年だ。けれどこうして世話をしていると、年下のお嬢様の世話をしている気分になる。

（それにしても三日で随分と馴染《なじ》みましたね。少しずつ元気になっているような？）

善右衛門には報告しにくいが、大野屋の屋敷を離れたことがかなり良かったようだ。

瑠璃は幼い子どもにするように、浴衣を着替えさせて髪を丁寧に梳《す》くところまで世話をする。

（みねさんは、寂しいのかもしれない）

残念ながら、善右衛門の親心はみねに届いていない。

商いで忙しくしているため、娘が大きくなってからは家を空けることも多く、まったく口を利かない日の方が多かったと善右衛門が後悔していたのを思い出す。

「紐《ひも》、締めすぎないでよね」

「はい、わかりました」

やせ細った肩や背中は骨ばっていて、着物を普通に着せるとぶかぶかになって脱げやすくなる。乱れにくいように、でも痛くないように腰紐を縛る加減は難しかった。

着替えが済んだらすぐに布団を片付け、食事の膳を客間へ運ぶ。

何を口にしても「まずい」「粗末な食事だ」と言うのだから、みねが何を好むのかがまったくわからなかった。

「たくさん召し上がってくださいね」

「…………」

笑顔で勧めてみても、みねは唇を引き結んだままだった。

(味付けの問題ではなさそうですね)

これはもう根競《こんくら》べだろう。そう思っていると、みねが瑠璃を一瞥《いちべつ》した後で急に膳を手で乱暴に払いのけた。

「こんなのいらない」

「あっ」

器が擦《こす》れてガシャッと高い音が鳴る。

用意した粥や煮物が無残にも畳の上にばら蒔《ま》かれた。

「もっと食べられる物を持ってきて！」

瑠璃は慌てて布巾を手にする。

しかし、ここで先に動いたのは怒りの形相で毛を逆立てた毛倡妓だった。

シャーと鳴きながらみねに飛びかかり、髪の毛をぐしゃぐしゃにする。

『私の瑠璃に何するの！　おまえなんて八つ裂きにして臓物を引きずり出してやる！』

「きゃあああ！」

「いけません！」

瑠璃は慌てて毛倡妓を引きはがす。

そういえば先日といいどうして部屋の中に入れているのか、と疑問に思ったが今は毛倡妓を止めなければいけなかった。

「いけません！　みねさんに酷いことをしないでください、私はこんなこと頼んでいません！」

『だって！』

瑠璃は暴れる毛倡妓を抱え、庭へ放り出した。ここにいては、いつまた毛倡妓がみねに危害を加えるとも限らない。

（ごめんなさい、今は我慢して！）

パシンと戸を閉めると、みねが頭を手でさすりながらこちらを睨んでいた。

「うちの猫が申し訳ありません」

瑠璃が謝りながら近づくと、みねはびくりと肩を揺らし「猫と喋る女は気味が悪い」と怯《おび》えられる。

（猫に話しかけている奇妙な女と思われてしまった）

自分のことはいいとして、瑠璃は布巾を手に取ってもう一度みねのそばに寄る。

「みねさん、火傷《やけど》はしていませんか？　お怪我はありませんか？」

布巾でみねの手を拭おうとしたところ、ばしりと乱暴に叩《たた》き落とされた。

「痛っ」

「やめてよ！　触らないで！」

右手に痛みが走り、瑠璃は顔を顰める。

それを見たみねは一層苛立《いらだ》った。

「何事だ、騒々しい」

廊下側の襖が開き、薬袋《やくたい》を持った泉がそこに立っている。

二人の様子と散らかった部屋を見て泉は何もかも察したようで、みねを叱った。

「ここでは患者は患者、大野屋のお嬢さんであってもこちらの指示に従ってもらう。不満があるなら、治ってから善右衛門殿に言ってくれ」

「っ！　でも、この使用人が私を粗末に扱うのでそれがいけないのよ！」

「うちの瑠璃がそんなことをするわけないだろう。幻でも見ているのなら、強い薬を煎じた方がよいか？」

「なっ……！　あんた、この間と全然違うじゃない！　医者だからって偉そうにしないで！」

「話にならん。いいか、今すぐ手を洗ってこい。そして着替えて飯を食え。さもなくば布団に縛り付けて無理やりにでも療養してもらうからな」

「ひっ」

泉の本気を感じ取ったみねは、わなわなと怒りで震えながらもおとなしく客間を出ていった。言われた通りに自分で手を洗うつもりらしい。

ついていこうか迷ったものの、今は一人にした方がいいのではと思った。

「勾仁、みねさんを見張っていて」

『あんな女がどうなろうと気にならん』

「私が気になるのです。井戸に飛び込まないよう見ていてください」

『まったく、仕方ない』

瑠璃に頼まれた勾仁は、投げやりな雰囲気を漂わせながらみねの後を追う。

二人きりになった客間で、瑠璃は転がった芋や人参《にんじん》などを手早く片付け始めた。

「手伝おう」

「いえ、先生にこのようなことは」

瑠璃のそばに膝をつき、泉も同じように片付けてくれる。

横に寝ていた膳を起こした彼は、ため息交じりに言った。

「面倒なことになってすまないな。俺は医者だから患者を見捨てるわけにいかないが、瑠璃は手を引いていい。もうあいつの世話はするな」

「先生、でもそれでは……」

日々の仕事にみねの世話、とても泉一人では手が回らないし、みねも不自由するだろうと瑠璃は予想する。

「俺だって飯は作れるし、みね殿が療養している間くらいどうってことは」

「先生が料理を？」

最初に出された食事を思い出し、絶句する瑠璃。あれを食べたら、心身ともに弱っているみねは死んでしまうのではないかと本気で思った。

『労わるふりして苦しめる作戦か。いっそ一思いに殺してやる方がまだ優しさがあるな。おまえはやればできる男だと思っていたが、まさかここまでとは』

「瑠璃が来る前まで俺は自分で食事を作っていたんだが？　……おい、勾仁。みね殿はどうした？」

『毛倡妓に見張らせている。楽に死なせぬよう、しっかり見守ると言っていた』

勾仁も毛倡妓も、みねを敵だと思っているのが伝わってくる。

この状況をまず何とかしなくては、と瑠璃は頭を悩ませた。

「ああ、そういえば先生。毛倡妓がここまで入ってきていたのですが……？」

「俺が結界に手を加えた。毛倡妓は瑠璃の手伝いをしてくれそうだと思ってそうしたが、みね殿に攻撃するならまた戻さねばならんな」

「あの、毛倡妓とはきちんと話しますのでこのまま私にみねさんのお世話を続けさせてください」

瑠璃の申し出に、泉は眉根を寄せる。

「みねさんの態度は確かによくありませんが、それでも私は悲しくも何ともありません。それに、滝沢の家には寿々《すず》さんがいましたので……これくらい平気です」

さっきだって、みねは膳を払いのけるときに一瞬だけ躊躇うような目をした。心の奥底では、こんなことをしてはいけないとわかっているのだ。

「きっとみねさんは寂しいのでしょう。桂男に心を奪われてしまったのも、きっと寂しかったからだと私は思うのです。お体が癒えても、このままではいつまたあやかしに唆されるかわかりません。私は……うまく言えませんが、諦めたくないのです」

「だからといってすべて許すのか？　これが悪化して瑠璃が怪我でもすれば、勾仁と毛倡妓がみね殿をどうするか？　これ以上の面倒事は御免だ」

　泉の言うことはもっともだった。

　けれど瑠璃は、みねの寂しさを思えばとても手を引くことはできない。

「勾仁、これは私が望んでいることです。手出しは不要、わかりましたね？」

『時と場合による』

「ああもう……式神がいつも言うことを聞いてくれない」

　ふんとそっぽを向いた勾仁は、話し合う余地もないらしくすっと消えてしまった。

（また折を見て説得しなければ）

　瑠璃は再び片付けを始める。

　泉はしばらく呆れた目でそれを見ていたが、「世話をやめろ」とは言わなかった。

（私は同情しているだけかもしれない。それはわかってる。でも、先生がお人好しで私を滝沢の家から救い出してくれたように、誰かが情けをかけることで何かが変わることもある。先生が泉縁堂でみねさんを守ると決めた以上、私は私にできる方法でみねさんを助けたい）

　その日からも、瑠璃は笑顔でみねのそばに居続けた。泉のいないところでは嫌みな言葉や態度は続いていたが、それでも瑠璃の決心は変わらない。

「おとなしい顔して、あんたって実は図太いのね」

「え？　そうでしょうか？」

「褒《ほ》めていないわよ」

瑠璃が目を輝かせたのを見て、なぜ喜んでいるのかとみねは呆れる。

(図太いことはいいことなのでは？　以前、豆腐売りのちづさんも『このご時世、図太くないと生きていけないよ』と言っていたし、私もあさけの町の強い女になってきたのかも)

思いがけず心が躍る。

それから五日も経てば、ちっともめげない瑠璃に対してみねの態度も次第に軟化してくるのだった。


長い箒《ほうき》で石造りの小路を掃くと、ざっざっと鈍い音がする。

近頃はますます風が強く吹き、春はすぐそこだというのに枯れ葉が泉縁堂の周囲に舞っては落ちて掃除が追い付かない。

敷地内のあちこちに黄色や茶色、黒や赤といった多種多様な猫たちがいるのは毛倡妓が呼び集めた町内の仲間たちだ。

——瑠璃を守るために協力してくれるって。安心して掃除でも散歩でもしなさい。

たとえば桂男がみねを攫《さら》いにきたとして、猫たちでどうにかなるものだろうか？

（勾仁を頼った方がよさそうね）

つぶらな瞳を向けてくる猫たちに「いい子にしていてね」と声をかけると、再び掃き掃除に専念する。

今ここにいる人間はみねと瑠璃だけ。

泉は夜明け前に『桂男の居場所を探る』と告げ、一人出かけていった。『尋ね人を見つける術』で八咫烏《やたがらす》に似た黒い大きな鳥の式神を喚び、桂男の居場所まで案内させるらしい。

（先生は、きっと近くにいると予想をつけていらっしゃった……。どうか、何事もなく無事にお帰りになりますように）

泉が戻るまで落ち着きそうにない。

不安を忘れようと掃除をしていると、勾玉から勾仁が出てきて言った。

『誰か来たぞ』

「え？」

顔を上げれば、泉縁堂の壁沿いに誰かが歩いてくるのが見えた。どこにでもいる町人風の男性だが、羽織に『大野屋』の文字があるので「ここに用があるのだ」とすぐにわかった。

男性と目が合うと、瑠璃は少し頭を下げる。

「ああ、よかった。こちらで合っていましたか」

彼はぱっと明るい顔つきになり、どことなく大野屋の主人を思わせる商売上手な雰囲気になる。

「私は大野屋で奉公をしております、井端《いばた》喜平と申します」

丁寧に挨拶をされ、瑠璃もまた同じように名を名乗った。

（みねさんの結婚相手の方だ）

年齢は二十歳くらいだろうか、精悍《せいかん》な容姿に頼もしい口調で結婚相手には申し分ないように見える。

きっとみねを心配してここまで会いに来てくれたのだろう。そう解釈した瑠璃は、笑顔で喜平を迎える。

「みねお嬢様のお見舞いですね？　ただいま中へご案内します」

「待ってください……！」

彼を通そうとしたところ、なぜか本人に止められてしまう。

『何だ、見舞いでないなら何しに来たのだ』

勾仁がそう言うも、彼には声も聞こえなければ姿も見えない。

瑠璃もそれに合わせて聞き流した。

「お会いにならないのですか？」

「いえ、その……どうしているかと気になって、それだけなのです。お体の具合がよくないと聞いていますので、無理に会おうとは思いません」

そうは言いつつも、ひと目会いたいといった雰囲気を喜平からは感じる。

彼は瑠璃に、みねがどうしているのか、元気なのか教えてほしいと頼んだ。

（この方はみねさんのことがお好きなのね）

結婚相手は親が決め、本人の意思よりも家同士の関係性や利益が優先されるものだ。みねの結婚も善右衛門が選んだ相手だというから、喜平もまた命じられて結婚するのだと思い込んでいた。

「みねさんは、少しずつではありますが元気になっていっておられます。さきほども食事を残さず召し上がって……。あの、喜平さんが来てくださったと知ればみねさんは安心なさるのでは？　私や先生はおりますが、心細いこともあるでしょう」

瑠璃は見舞うよう勧めるが、喜平は首を縦に振らなかった。

どうしたものかと悩んでいると、彼はぽつりぽつりと事情を話し始める。

「……私はみねさんにとって、大野屋の店を狙う卑しい男に見えているでしょうから。見舞ったとしても旦那様のご機嫌取りだと思われそうで嫌なのです。せっかくここで療養なさっているのなら心穏やかにいてもらいたいですから……私は会えません」

喜平によれば、みねとの結婚が決まったのは昨年のこと。でも二人はみねが引き取られたときからの幼馴染《おさななじみ》だと言う。

「みねさん、実は気が強いから大変でしょう？　ご迷惑をかけていないか心配です」

「えーっと……、そんなことは」

何と言っていいか、瑠璃は笑顔でごまかした。

「前は癇癪を起こしたり使用人にきつく当たったりするような方ではなかったのです。ご両親に愛されようとずっと努力して苦手な琴も毎日練習なさって、皆に認められて本物の娘になるんだってがんばっておられました」

引き取られたときはたった五歳。幼子のいじらしい様子を想像し、瑠璃は胸が締め付けられた。

「私は親に売られたも同然で奉公に上がりましたから、帰る家のない寂しさはよくわかりました。旦那様にはもちろん恩がございますが、私はみねさんにも恩を返したい気持ちがあるのです」

「恩ですか？」

はい、と喜平は頷くと袖の中から小さな薄紫色の紙を取り出した。

すみれの花の形に折ってあるそれは、とても可愛《かわい》らしいものだった。

「これは帯留めや簪《かんざし》を包んでおく紙です。店に並べるときには外すので、たくさん余るのですよ。小さい頃、私はよくこれですみれの花を作ってみねさんの菓子に添えました」

こうも均等に、きれいに花びらを折れるものなのかと瑠璃は感心してまじまじとそれを見つめる。

「番頭さんからは『男がそんなことをするな』と眉を顰められましてね。手先が器用だと褒めてくれたのはみねさんだけでした」

二人はたわいもない話をするだけの仲で、決して恋仲だったわけではないと喜平は言う。大店のお嬢さんと奉公人という身分差は弁《わきま》えていた、とも付け足した。

「みねさんが幸せになるのを見届けられればそれで十分だと思っていました。ですが、奥様が亡くなったのを境に使用人たちがみねさんに酷い扱いをするようになっていって。私が助けたら助けたで、さらにみねさんに妬みが向けられました。私にはあの方を守れる力がないということが本当につらかったので、結婚が決まったときはこれでみねさんをちゃんと守れると思いました。でも……」

女の嫉妬は凄《すさ》まじい。

喜平が大野屋目当てでみねと結婚するのだと、悪意ある噂《うわさ》がどんどん広まっていったと言う。しかも喜平が仕入れに関して「旦那様の願いなら何でもする」と言っていたことを偶然みねが耳にして、それがどういうわけか「旦那様の願いだからみねといやいや結婚する」という風に勘違いされてしまったらしい。

「どれだけ否定しても信じてもらえず……。それから数日のことでした、みねさんが倒れられたのは」

「そうだったのですか」

心無い言葉に傷つけられ追い詰められていたみねは、喜平にまで裏切られた気分になったのかもしれない。

そんなときに桂男が現れれば、ふらりと心が傾いてしまうのも理解できる。

(苦しくて、どうしようもなくて、みねさんはあやかしの手を取ってしまった)

広い屋敷に人はあんなにいるのに味方はおらず、さぞ苦しかっただろうと瑠璃は胸を痛める。

(私にはずっと勾仁がいてくれた。でもみねさんは……)

善右衛門も、喜平も、みねのことを心から案じている。それが届かないことがとてももどかしい。

「このすみれの花、みねさんに渡してもよろしいですか?」

「え？　いえ、でもこのようなものを今さら……もう子どもではないのですから、差し上げるならもっと良い品を渡さなければ」

喜平は躊躇っていたが、瑠璃は彼の手のひらからそれをもらう。

「ふふっ、私はこれが素敵だと思います。喜平さんは何も変わっていないと、ひと目でわかるではないですか」

「そうでしょうか……？」

喜平はしばらく迷っていたが、結局、瑠璃に紙のすみれの花を預けて帰っていった。

彼を見送ると、ずっと黙っていた勾仁が腕組みをしながら嘆くように言う。

『情けない男だな。慕っているなら慕っているで、連れて帰ればよいだろうに』

「色々と悩むところがあるのですよ」

好きだから相手がどう思うかを考え過ぎてしまうのだろう。恋物語の芝居はとても人気があるそうだが、実際に自分事になると大変そうだと瑠璃は思った。

「好いた相手との結婚とは、どういうものなのでしょうね」

漠然とした疑問が浮かぶ。

ところが勾仁はやや怒ったように言い放った。

『瑠璃にはまだ早い』

「私はもう十七になるんですよ？　早いわけがありません」

『泉だけはやめておけ。あいつがいると面倒事が増える』

「それをあなたが言うのですか……？」

どう考えても、面倒事を増やしているのはこちらである。

瑠璃は箒を片手に、紙のすみれの花を崩さないように気を付けながら母屋へと戻っていった。


「今日は暖かいわね。先生はおでかけ？」

縁側に座るみねが、小さな黒猫を撫でながらそう尋ねた。

瑠璃は、ヨモギやドクダミなどを併せたお茶をみねのそばに置くと「はい」と返事をする。

（今は機嫌がいいみたい。猫たちもいつの間にかみねさんに懐いているし……）

毛倡妓は猫にみねを見張らせると言っていたが、猫たちはすっかり寛《くつろ》いでいた。瑠璃にとってもその方がいいので、猫たちが寝転ぶ縁側と庭の光景に安堵する。

「みねさん、あの」

「何よ」

喜平のことをどう切り出そうか、瑠璃は悩んでいた。

せっかく機嫌よくしているみねの心を乱したくない、喜平の気持ちが今ならよくわかる。

（善右衛門様も喜平さんも、これほどやせ細ったみねさんを問い詰めるのは気が引けて、それでどんどん話ができなくなっていったのかもしれない）

近くにいても、分かり合うというのは難しい。

瑠璃が頭を悩ませていると、みねが黒猫を膝から下ろして言った。

「言いたいことがあるんでしょう？　お小言ならお父様と先生で十分よ」

「いえ、そういうわけでは」

軽く睨まれ、思わず苦笑いになる。

「……あなたは嫌にならないの？　奉公人の仕事なんてして」

突然の問いかけに、瑠璃はきょとんとしてしまう。みねが瑠璃のことを聞いてきたのはこれが初めてだった。

「あなた、年は？」

「十七です」

みねは瑠璃をまじまじと見つめ、「ふうん」と小さく呟く。

あまりに見つめられるので居心地が悪くなってきた瑠璃は、さきほどの問いかけに答えた。

「その、私はとても恵まれていると思います。奉公人としての仕事を嫌だと思ったことは一度もありません」

「ええ、本当に？」

「本当でございます」

念を押すものの、みねの目は疑っていた。

そんなにおかしいだろうかと瑠璃が疑問に思っていると、みねは瑠璃から視線を逸らして言った。

「あなた、おかしいわ。仕事なんてつらいことばかりでしょう？　それが恵まれているなんてどうかしてる」

「そんなことは」

「だいたい、どこかのおひいさまにしか見えないのに奉公人なんて変よ。偽物の私とは全然違うじゃない」

「え……？」

「私はどんなにがんばっても、本物にはなれなかった。お父様もきっと愛想が尽きたはずよ。育ててやったのにあやかしに誑《たぶら》かされて、情けないって思われてるわ」

俯《うつむ》きながら、みねは不安を口にする。

泉縁堂へ来るとき、善右衛門はみねに「悪いあやかしに憑かれているそうだから、呪術医の先生のところで療養してもらう」とだけ告げたらしい。

きっと心配するあまり端的に伝えたのだろうと瑠璃は思ったが、みねからすれば「見捨てられた」と感じたのかもしれない。

みねの横顔は悲しげだった。

「善右衛門様はみねさんを心配なさっていましたよ？　父親としてできる限りのことをしてやりたいとも聞きました」

「そんなこと私には一言も言わなかったわ。ただ、ここへ行けって」

「それはみねさんに元気になってもらいたいからで、どうでもいいと思っていたらあのまま屋敷に留めたはずです。……喜平さんも、みねさんを大切に想《おも》われています」

その名前を出した瞬間、みねの表情が険しくなる。思い出したくなかったという顔だった。

瑠璃は、袖の中からあのすみれの花を出してみねの手に握らせる。

「ここまで見舞いに来てくれました。喜平さんはとても心配していました」

「嘘よ、だって文の一つも寄こさないじゃない」

みねは手の中にあるすみれの花を見つめ、苦しげに言った。

「私なんていなくても、誰も悲しまない」

「みねさん……」

「私は亡くなった『みね』の代わりなの。何者でもなければ、与えられる物だって何一つ私の物じゃない。全部『みね』がもらうはずだった物よ。喜平だって、大野屋のみねの婿なのよ」

ぎゅっと握り締めた手の中で、音も立てず花がくしゃくしゃになる。

瑠璃は、みねの言葉をただ黙って聞くことしかできなかった。

「先生に聞くまで『桂男』だなんて名前は知らなかったけれど、あの人は私の寂しさをわかってくれた。去年の秋からたびたび中庭にやってきて、私の話し相手になってくれたわ。『しけたツラしてるくらいなら一緒にいかないか』って誘ってくれたのよ。大野屋のみねじゃない、私を見つけてくれたの」

みねは桂男に恋をしているのだろうか？

瑠璃の心に疑問が浮かぶ。

差し伸べられた手に縋《すが》っているように見え、たとえば歯車が一つでも違えば喜平と手を取り合って生きていけたのでは……とも思えた。

「みねさん、桂男とは一緒に生きられません」

その手を取るということは、死んでしまうということなのだ。

けれど、みねはそれでもいいと言う。

「わかっているわ、それくらい。一緒にいれば私は弱っていくのでしょう？　でも、私のことを心配してくれるのは彼だけなのよ」

みねはかぶりを振り、その姿は懸命に理由を探そうとしているように見えた。

「それは、本当にそう思っていますか？　みねさんは、善右衛門様とも喜平さんともお別れして、桂男と一緒にいたいと本気で望んでいるのですか？」

瑠璃の質問に、みねは答えなかった。何か言おうとするも声にならない様子で、顔を顰めて黙り込む。

「みねさんはみねさんです。善右衛門様も喜平さんも、今ここにいるみねさんに元気になってほしいと願っておられます」

「…………」

「さきほどみねさんは、私をおひいさまみたいとおっしゃいましたが、以前はそのようなときもありました。親を亡くしてからは、家を失って使用人として生きています。語ればつらいことも多い身の上ですが、それでも不思議と嫌なことばかりではないのです。私でもこうなのですから、みねさんが幸せになれないはずがありません」

あんなにも想ってくれる人がいることから、目を背けないでほしい。瑠璃はそう願った。

みねの握り締めた手をそっと解けば、崩れてもなお可愛らしいすみれの花がある。

「おなごの身では与えられた物しか選べませんが、それでも私は先生に拾っていただき、生きることを諦めずに済んだのです。みねさんもどうか諦めないでください。まだまだこれから幸せになれるんですよ？」

何の根拠もない、ただの身勝手な願望なのかもしれない。

それでも瑠璃は、みねに生きて欲しかった。

「私、ここに来てから毎日お父様や喜平のことを思い出していた」

みねはその手の中に視線を落とし、じっと見つめている。

「離れていても思い出すのは、その人を大切に想っているという証ではないですか？」

「………」

みねは頷くこともなければ反論もせず、どうしていいかわからないといった様子ですみれの花を眺めていた。


泉が帰ってきたのは、すっかり日が暮れてみねが眠りについた後だった。

玄関で正座をして待っていた瑠璃は、泉の姿が見えるなり深々と頭を下げる。

「誠に申し訳ございません」

「おい、どうした」

「先生、私はみねさんにとても生意気なことを言ってしまいました」

「とにかく顔を上げろ。何を言ったか知らんが、俺が土下座される理由はない」

「はい……」

泉は瑠璃の腕を取り、強引に起き上がらせる。

そして奥の間まで連れていくと、そこで瑠璃の話を聞いた。

「私は自分の要求ばかりをみねさんに……。よく考えてみれば、縁もゆかりもない他人の私から何か言われても、口やかましいと思われるだけなのにあんなこと言ってしまって」

「瑠璃、かなり混乱しているな？」

泉に指摘され、瑠璃は「そうかもしれない」と押し黙る。

みねは怒ってはいなそうだったが、困っているように見えた。療養中なのに、追い詰めるようなことを言ったのではと瑠璃は反省する。

『瑠璃が気に病むことではない』

「今度ばかりは勾仁と同意見だ。落ち込まなくてもいい」

珍しく意見が一致した二人。泉は嫌そうな顔で勾仁を見ながら、「この式神と同じ意見だと間違っているような気がしてくるな」と呟いた。

「他人がどれほど気を揉んでも、結局のところ選ぶのは自分だ。善右衛門殿の前では言えぬが、『死んでもいいから桂男と共にいたい』と言われれば俺たちにはどうすることもできない。……それに、さほど時間もないのだ」

「時間が？」

泉は小さく頷く。

みねの左耳の下には、桜の花びらのような形をした赤黒い痣がある。それがある限り、結界を張っても桂男に居場所を知られてしまう。

痣は日に日に濃くなっていて、黒に染まったら時は満ちると泉は説明した。

「式神に居場所を特定させ、その後を追った。あいつは今、上野にいた」

「追ったのですか⁉」

ぎょっと目を瞠る瑠璃を見て、泉は「無事に帰ってきているのにそれほど驚くことか？」と笑う。

「気配を消して遠くから姿を確認しただけだから、向こうは俺に気づいていない。まあそんなことせずともあちらは陰……いや、茶屋で新たな贄《にえ》に夢中だったから気づかなかったと思うが」

「茶屋で？　菓子を食べる客に狙いを定めていたのですか？　あやかしも甘い物が好きなのでしょうか？」

「んんっ、そこは気にするな」

「はい？」

泉は何か言いにくいことでもあるかのように目を逸らす。

瑠璃は小首を傾げるも、話を元に戻した。

「とにかく、桂男は二里も離れていないところにいる。しかもかなり妖力を蓄えて」

「それはたくさんの人が犠牲になったということですか？」

「ああ、みね殿の前にも女人を食らっているだろう。あいつはそろそろ、みね殿を食らうためにやってくる。大野屋にいないと気づけばすぐに匂いを辿ってこちらへ来ると思う」

あやかしが人間を食らいにやってくる。

瑠璃はぞっとして身を強張らせた。

「不意打ちを避けるために、俺は桂男をわざと呼び寄せる。安全は約束するからそう怖がらなくていい。瑠璃はみね殿のそばにいてやってくれるか？」

「わかりました……！」

そうと決まれば、準備を始めなければならない。

泉は戸棚の中から紙と札を取り出し、身代わりの人形《ひとがた》を作ると言う。何か手伝えることがないかと尋ねた瑠璃には、もう夜も遅いので休めと告げる。

せめてお茶と夜食の準備はさせてほしいと頼むと、それだけは承諾してくれた。

「どうしてこうも次から次へと面倒なことが起きるのだ」

座って筆を取った泉は、呆れ交じりにそう言った。誰かに意見を求めたものではなさそうだったが、瑠璃はくすりと笑って答える。

「先生がお優しいからですね」

「は？」

「いつも何かあるたびに先生は面倒だとおっしゃいますが、何事にも真正面から向き合っておられるから面倒に思うのではないかと。何が起こっても向き合わなければ面倒ではないですよ？　先生らしい、人好しな性分が要因ではと……先生？」

泉が苦悶《くもん》の表情を浮かべ、がっくりと肩を落としているのを見て瑠璃は慌てる。

近づいて顔を寄せれば、泉は手元の筆を見つめたまま「人好しにはなりたくない」とぼそぼそと繰り返している。

「震えるほど嫌なんですか!?」

（これは二度と言わない方がいいのかも）

泉が気を取り直して筆を進めたのを確認し、瑠璃はそっと奥の間を出て厨房へ向かった。


漆黒の闇に新月が浮かぶ、丑三つ時。

泉縁堂の庭に、弓の弦を強く弾く音が何度も響いている。

月の光に似た月白《げっぱく》色の袴姿に着替えた泉は、邪気を祓う破魔弓の音を四方へ発することで標的以外のあやかしを寄せ付けないようにしていた。

（もうずっと弓を弾いて……）

　今は、みねの髪を元に作ったあやかし寄せの香により、桂男が姿を見せるのを待っている。しかし桂男以外のあやかしも引き寄せられる可能性があるため、こうして弓を弾き続けているのだった。

　すぐそばで胡坐をかき、退屈そうにしているのは勾仁だ。『私が守るのは瑠璃だけだ』ときっぱり言い放った勾仁は、万一のときに備えてここにいるだけで桂男には興味がないらしい。

　瑠璃は、茶の間にある飾り窓の格子の隙間から庭の様子を見守っていた。

「先生は、こんなこと割に合わないって思わないのかしら？　あやかし退治ってとても危険なのでしょう？」

　ふいにみねが尋ねる。

　瑠璃は振り返り、小さな笑みを浮かべて答えた。

「先生は金子の多さで仕事を選ぶ方ではありませんから……」

　確かに、いくら泉が優れた術を使えても危険があることには変わりない。怪我をする心配だってある。

　でも、善右衛門や困っている人たちを放っておくことはできないのだろう。

　瑠璃を助けたときも、金をもらうから仕事だと言っていたのに結局は東吉郎に袋を投げつけて受け取らなかったことを思い出す。

「こんなことまでして、私が桂男を選んだらどうするつもりなのよ」

「そうですね、きっと悲しみます。先生も、私も」

みねは視線を落とし、居心地が悪そうにしていた。

(そうは言っても、きっとみねさんはもう……)

喜平が泉縁堂を訪れた日から、みねは苦い薬にも一切文句を言わなくなった。

ときおりぼんやりして心ここにあらずといった感じではあったものの、わがままは鳴りを潜めておとなしい患者になった。

「みねさん」

隣に座り気遣いながら名を呼べば、みねは顔を上げてじっと瑠璃を見つめた。

その顔つきは、以前のように投げやりな印象ではない。

「私、きちんとお別れを言いたいの。あの人がどういうつもりで私に近づいたとしても……嬉しかったのよ」

「はい」

瑠璃は微笑み、みねのことを見守ると心に決めた。

そのとき、庭の方からドンッと大きな音がする。二人は急いで立ち上がり、飾り窓に近づいて外を見る。

「やっと来たか」

『結界を弱めてやらねば入ってこれんとは、近頃のあやかしは軟弱だな』

勾仁の言い様に、泉はやや呆れて息をつく。

灯籠と松明《たいまつ》のあかりに照らされ、泉の顔ははっきり見える。しかし暗がりの向こうに立っている、長身の青年らしき姿はまだぼんやりとしか見えなかった。

「あれが？」

「間違いないわ」

目を凝らす瑠璃と違い、何度も会ったことがあるみねは桂男だとすぐにわかったようだった。

『おまえか、みねを攫ったのは』

赤と黄色の華やかな長衣を纏った男がゆっくりと泉に近づいていく。腰に巻いた細い帯が垂れ、ゆらゆらと揺れていた。

桂男の顔立ちは多くの女人が心を奪われるのも納得できる美男で、月明かりに照らされるとなおさら美しさが際立つ。

桂男と泉の距離はまだ大きく開いているが、瑠璃は緊張からごくりと唾を呑み込む。

「攫ったなどと人聞きが悪い。少々預からせてもらっただけだ」

『同じことだ。だが、俺からみねは逃げられない。好いた女に会いたいと願う男心がわからんか？』

桂男は、泉をからかうように笑いながら言う。

対する泉は一切表情を動かさず、淡々と答えていく。

「男心？　食欲旺盛なあやかしにそんなものがあるのか」

『俺とみね、想い合う者同士が手を取り合うんだ。下町に咲く恋の花、芝居でも人気だろう？　この美しい恋物語がわからぬとは哀れな陰陽師よ』

「女の血肉の上に咲く花を美しいとは思わない」

泉は弓を刀に変え、桂男に切っ先を向ける。

桂男も刀を抜き、楽しげに笑みを深めた。

ただし二人の刀が交わることはなく、泉が左手の指で挟んだ護符に霊力を込めると無数の白い紙の鳥が連なって桂男の手足に巻き付く。

「なっ……！」

身動きが取れなくなった桂男は、ここで初めて笑みが消えた。

高みの見物に興じていた勾仁が、それを見て感心したように言う。

『刀でやり合うと見せかけて術を使うとは、人にしておくには惜しいくらいに卑怯《ひきょう》だな。さすがは泉だ』

「人聞きの悪いことを言うな。刀も使う」

泉は、勾仁を睨みながら反論する。

必死で術を解こうとする桂男だったが、動けば動くほど強力な縄のように締め付ける紙に手間取っていた。

『ぐっ……！　放せ！』

「しばしそのままでいてもらおう」

すぐにでも退治できるのにそうしないのは、みねが直接別れを告げる時間を作るため。瑠璃は隣に立っていたみねを見て、その手を握って言った。

「みねさん！　ここからでも声は届きます。どうかご自身で伝えてください」

「わ、わかったわ」

桂男の痣が濃くなったせいで、今のみねには泉が使う術も見えている。桂男が捉《とら》えられているのを見て、動揺でその瞳は揺れていた。

「私はここです……」

『みね！』

桂男とみねは見つめ合い、互いの存在を確認し合う。同情を誘うように、縋るように見つめる桂男は懸命にみねに手を伸ばした。

『みね、助けてくれ。この男に俺を解放するよう言ってくれ』

「………」

みねは胸の前で右手を握り締める。

懇願する桂男はとてもかわいそうに見え、まるで本当にみねを愛しているみたいに思えてくる。

無関係な瑠璃ですらそう感じるのだから、一度はその手を取ってしまったみねはどれほど心が痛むだろう。

泉と桂男を交互に見るみねは、心が揺れ動いているのがわかる。

(このまま無理やり引き離しても、みねさんは……。自分で決別してもらうしかない)

瑠璃はもどかしい気持ちを必死で押さえて見守る。

『みね、一緒に行こう。二人でなら幸せになれる』

桂男は、ここぞとばかりに甘い言葉で誘う。

『おまえをわかってやれるのは俺だけだ。一緒に来ればもう寂しい思いはさせない。俺がいればほかには誰もいらない、そうだろう？』

この人だけは自分を見てくれる、愛してくれる。みねがそう勘違いしてしまったのがわかる気がした。それほど、桂男の目や言葉は甘美な誘いだった。

「みねさん」

「………」

みねの目には涙が滲《にじ》んでいた。けれどその手の中にあったすみれの花を見たみねは、声を震わせながら桂男に告げる。

「ごめんなさい」

『みね？』

「寂しかったとき、声をかけてくれてとても嬉しかった……ずっと一緒にいられたらって思っていたのは本当。今日、ここまで迎えにきてくれてありがとう。でも、私は一緒に行けない」

『陰陽師に唆されたのか？　それとも俺に飽きたのか？』

「そうじゃない！　そうじゃないの。私は、大事なものがあるって気づいたから」

悲しい空気が漂い、瑠璃はみねの手をぎゅっと強く握る。

すると「大丈夫」と言うように同じ強さで握り返された。

ところがここで状況が一変する。

落ち込んだように項垂《うなだ》れていた桂男が、突然目を真っ赤にさせて顔を上げた。

『愚かな女だ！　己のことを、手の届かぬ月とでも勘違いしたのか？』

「っ！」

『がぁぁぁ！』

獣のような叫び声を上げた桂男は、紙の鳥が連なった縄を全力で引きちぎってこちらへ向かってくる。

その目線はみねではなく、瑠璃に向かっていた。

「っ!!」

伝わってきた殺気に瑠璃はぞくりとする。

真っ赤な目が欲しているのは『獲物』であり、理性が失われているようだった。

『遊びはここまでだ！ まさか巫女が隠れているとはな！』

母屋の壁を壊すつもりなのか、まっすぐに瑠璃に向かってくる様は女人を惑わす美男ではなく、悪鬼といった方がふさわしい。

(結界を弱めたせいで気づかれた!?)

「何？ 何なの?!」

その変貌を目の当たりにしたみねは、訳がわからず怯えて瑠璃にしがみつく。

『おまえを食わせろ！』

「きゃあああ！」

みねの悲鳴が響く。

瑠璃は声も出せず、咄嗟にみねの頭を抱え込んで守ろうとした。

『ほかの誰でもくれてやるが、瑠璃に手を出すことは許さん』

『がっ……ああ……』

勾仁が扇を振って生み出した風の刃が、桂男の首を容赦なく切りつける。さらに、泉が桂男の背後から刀でその心臓を一突きした。

「先生、勾仁」

桂男は母屋の壁の前で絶命し、その場に倒れる。

瑠璃はみねを抱き締めたまま放心していた。

「情けで時間をやったのに、油断して完全に背を向けるとは……。俺の前では誰のことも奪わせない」

『はっ、人好しではないのに人を助けると？』

勾仁はバカにしたような笑みを浮かべ、泉を見下ろす。

「仕事だからな」

『せいぜい長生きして瑠璃を養え』

「ああ、おまえより長生きしてやろう」

そう言うと、泉は袖から出した護符に念じて青い炎を起こす。火は瞬く間に桂男へと移り、灰も残らずすべてが無に帰した。

炎が完全に消えるのを見届けた泉は、視線をみねに移す。

瑠璃もつられて視線を向ければ、みねの首筋にあった痣はすっかりなくなっていて、ほっと安堵する。

「みねさん、みねさん？　もう大丈夫ですよ」

「え、ええ……」

広がる静寂は、何もかも終わったのだと教えてくれていた。

心の傷はこれからゆっくり治していくしかないが、桂男に自分で別れを告げたみねはもう大丈夫だと思えた。

瑠璃は、みねが泣きやむまでずっとその細い背を撫でて慰めていた。


みねが大野屋へ戻っていったのは、それから二日後のことだった。

徐々に回復していることは文で報告していたが、わざわざ迎えに来た善右衛門と喜平はみねが桂男から解放されたことを涙ながらに喜んでいた。

その様子から、みねは自分がいかに愛されていたかを実感できたと思う。

(心が弱ると、見えるはずのものも見えぬということでしょうか。でもこれからは、みねさんもきっと前を向いて生きていける気がする)

体は回復してきているとはいえ、大野屋の屋敷での暮らしがいきなり変わることはない。使用人たちとの軋轢《あつれき》も残っている。

それでも、三人の様子を見ていると安心してみねを見送ることができた。

人力車に乗り込む前、みねは瑠璃を振り返って宣言する。

「私もあなたくらい図太くなるから」

「え?」

「大野屋の娘として生きることを自分で選んだんだもの、誰に何を言われても店を守ってみせる。諦めないから」

「……はい。その日を楽しみにしております」

最後まで笑ってはくれなかったが、つんと澄ました顔が以前とは違ってほんの少し照れているように思えた。

善右衛門は泉に何度も頭を下げ、「みねの祝言にはぜひいらしてください」と言い、泉縁堂を後にした。

見上げれば、泉縁堂の門のそばの桜の木が蕾をつけている。

桜が咲いても、町が燃えることはないだろう。

「あと数日で咲きそうだな」

隣にいた泉も、桜の木を見上げながら呟くように言う。

「そうですね。ここの桜はどのように咲くのでしょうか?」

瑠璃にとってはここへ来て初めての春で、膨らむ蕾に自然と笑みが零れる。

「――雪泰が」

泉が思い出したようにふと口を開く。

「雪泰様がどうかなさいましたか?」

「いや、何でもない。ただ、桜を見に行く暇くらいはあると思っただけで……」

歯切れの悪い言葉に、瑠璃はきょとんとする。泉の顔をどれほど見つめても、決して目を合わせてくれないのはなぜだろうと不思議だった。

「もしかして、先生」

（桜を見に連れて行ってくれる、とか？　そういえば雪泰様が二人で桜を見に行けばいいって言っていたような）

二人で揃《そろ》って出かけるのは初めてではないが、用事もなく出かけたことはない。

（先生と？　二人で？）

瑠璃は言い様のない恥ずかしさを感じ、気づいたら俯いていた。

泉も何も言わないので、このままうやむやになってしまうのかと思った瞬間、頭上から声が降ってくる。

「夢で見るより実際に見た方がいいだろう。夜桜を見に行かないか？」

「えっ」

予想は当たっていた。誘ってもらえたことが嬉しくて、思わず笑みが零れる。

ただ、こんなに喜んでいることを気づかれてはいけない気がして、顔を上げるのに随分と時間がかかってしまった。

「あの、先生、ぜひご一緒……に」

だが、懸命に絞り出した声はどこにも届かなかった。

辺りを見回せば、泉はすでに母屋に向かっている。

（いつもなら一声かけてくれるのに？）

そんなに急ぎの仕事があったのかと思うほど、足早に遠ざかっていく泉の背中。もしや瑠璃が拒絶していると受け取られたのかと焦りが湧いた。

「先生！」

瑠璃は呼びかけながら、必死で泉を追いかけるのだった。

【三】八咫烏は北へ導く

縁側が夕日に照らされ、美しい柑子色《こうじ》に染まる。

泉と瑠璃が一緒に食事を取るようになり早ひと月、この日も瑠璃にとっては夕食を共にしていた。

「この、オランダ菜だったか？　塩もみするだけでうまいな」

「そうですね。白菜以外の丸くて大きい葉物野菜は馴染みがなかったので、どのように調理してよいか悩みましたが……譲ってくれたお隣の倉田《くらた》様がきゅうりや茄子《なす》と同じように使えばよいと教えてくださったので」

シャキシャキとした食感が泉の口に合ったらしい。

瑠璃はそれが嬉しくて笑顔になる。

「ごはんのおかわりはいかがですか？」

「いや、もう十分だ。それに俺のことはいいから自分がしっかりと食べるように」

「……はい」

目に見えてしゅんとした瑠璃を見て、泉が「やっぱり少しだけもらう」と茶碗《ちゃわん》を差し出す。

白い飯を茶碗の半分ほどよそって返せば、すぐにそれを平らげてから彼は言った。

「俺が太らされていないか？」

「まさかそんな」

くすくすと笑う瑠璃を恨めしそうに見る泉。

一緒に食事を始めた頃はほとんど会話もなかったが、今ではこうしてたわいもない話をするようになっていた。

煮物に箸をつけ、それをもぐもぐと頬張りながら瑠璃は思う。

（こんなに穏やかな日々を送れるなんて、去年の今頃は想像もしていなかった）

見合いは勾仁の仕業でことごとく失敗。

滝沢家を出られる日は来るのだろうかと、不安に思うこともあった。

「どうした？」

「以前のことを思い出してしまって。確か去年の春は五度目の見合いに失敗したなと」

何気なく口にした言葉に、泉の顔が引き攣《つ》った。

瑠璃にとってはもう過去のことなのだが、普通の人からすれば五度も見合いに失敗するのは通常ではないということに気づかされる。しかも、結局は計七度の見合いに失敗したのだから「五も七も同じでは」と瑠璃は思った。

「今はここで働けて本当に幸せだなと、そう感じております」

改めて伝えると、泉が急にすっと立ち上がる。そして「しばし待て」とだけ言うと泉は部屋を出ていく。

一体どうしたのかと疑問に思いながらも待っていると、戻ってきた泉の手には細長い桐《きり》の箱が握られていた。

再び席に着いた泉は、隣に座る瑠璃に向かって箱を差し出す。

「……私に、ですか？」

「ああ」

ときおり泉は橋口から着物や帯を貰《もら》って帰ってきていたので、瑠璃は今度も櫛《くし》か帯留めを譲り受けてきたのだろうかと思った。

ところが蓋を開けると、紫の布に包まれていたのは真新しいべっ甲の簪だった。

二本軸のバチ型簪は素人目に見ても上等の品で、菊透かしの繊細な紋様に見惚れてしまう。

「気に入ったか？」

「え？　あ、はい。え？」

声を掛けられてはっと気がついた瑠璃は、慌てて泉を見る。するとその顔は、どこか安堵した様子だった。

「先生、こちらは？　橋口様からのいただき物でしょうか？」

橋口家から譲られる古い物ならまだしも、なぜこの簪は新しい物なのか？

理由がわからず、瑠璃は戸惑う。

泉は前を向くと、視線を落として言った。

「それは、俺が」

「先生が？」

瑠璃は驚いて目を瞬かせる。

「いや、桜を見に行った夜に……十七になったと言っていたから、それで」

首に手をやりながら、泉は少し言いにくそうに説明する。

どうやら、十七になった祝いとしてこれを買ってくれたらしい。瑠璃の誕生日からはひと月以上が経っていて、夜桜を見に行ったときの会話で初めて泉はそれを知ったのだった。

（先生が、私に）

こんな上等な簪を受け取っていいのだろうかと、まじまじとそれを見ながら考える。

こうして一緒に食事をしているが、自分の立場はあくまで奉公人。常に弁えておかなければと思っていただけに戸惑った。

（第一、簪は結婚を誓った相手に贈る物では）

泉が、瑠璃と結婚しようと思い立って渡したわけではないことはわかる。

（私がこれをもらって本当にいいの？　いつか先生がどなたかを妻に迎えたいと思ったときにこのことが知れたらまずいのでは）

頭の中をぐるぐると考えが巡る。

じっと簪を見つめたまま黙り込んだ瑠璃を見て、泉が恐る恐る尋ねた。

「瑠璃？　もしや要らなかったか？」

「いえ、そのようなことは決して」

ここで瑠璃は思い出した。毛倡妓には『変なこと気にしないで好きになさいな』と、泉にも『瑠璃は他人を気にしすぎる』と言われたことを。

あのとき自分は「変わりたい」と思ったのに、今もこうして泉の優しさを無下にしそうになっている。

「これを私に……？」

指先でそっと簪の軸を持ち、ただ嬉しいという気持ちだけを大事にしようと思い直した。自然と笑みが浮かび、まっすぐに泉の目を見て礼を伝える。

「ありがとうございます、先生。大切にいたします」

分不相応だとか、先のことは考えない。瑠璃ははにかみながら簪を見つめていた。

「みねさんの祝言に、こちらを着けていってもよろしいでしょうか？」

明日は、大野屋の屋敷で祝言が行われる。

具合がよくなったことで、かねての予定通り宴を行うことにしたそうだ。

泉と共に招待されたときは「奉公人だから」という理由で辞退を申し出たのだが、みねの強い希望で瑠璃も参列することになった。

「着物に合うか？」

「はい」

「そうか。瑠璃に任せる」

「ではこちらを着けてまいります」

母の形見の簪は、寿々に折られてしまった。今も取ってあるが、到底着けていける状態ではない。

橋口からも着物や簪をもらったが、これは瑠璃が持っている物の中で唯一もらい物ではない物だ。いつまでも簪を眺めていると、泉が困った顔で笑って言った。

「それほど喜ぶのなら、もっと早くに買ってやればよかったな」

その後、今夜訪れるかもしれない客のために泉は奥の間に籠もり、瑠璃はいつも通り厨で後片付けをした。

寝支度を終えたら、部屋で鏡の前に座って簪を着けてみる。浴衣にべっ甲の簪など少々不似合いではあるが、瑠璃は何度も鏡で見ては喜んだ。

みねの祝言はつつがなく執り行われた。白無垢姿《しろむくすがた》のみねはとても美しかった。

まだ普通よりはほっそりとしているものの、白無垢姿のみねはとても美しかった。


四月になり、不要になった火鉢と炭は納屋に入れた。厚手の布団や着物を干して片付けなければならず、瑠璃は毎日忙しく過ごしている。

そんな中、一つ気がかりなことがあった。

「先生は何か心配事があるのでしょうか？」

茶の間の護符に霊力を込めた瑠璃は、勾仁に向かって話しかける。あやかし除《よ》けの護符の効果が途切れないよう霊力を込めることは、いつもなら泉が欠かさず行っている日課である。

（お忙しくて忘れてしまった？　でも患者さんが特別たくさん来たわけでもないし、むしろ依頼も少ないくらいに感じるのに）

『気にするな』

畳に寝転がり、泉縁堂にあった書物を読んでいた勾仁は目線を上げずに答える。

「気になりますよ」

このそっけない態度は、泉のことだからだろう。瑠璃が泉の世話をすることも未だに納得していない勾仁は、瑠璃の身に危険がない限り『どうでもいい』という態度を貫いていた。

「このところ、先生は時々ぼんやりなさっていると思いませんか？　書物を読んでいるときもずっと同じところで止まっていたり、袖に墨がついているのに気づいていなかったり……様子がおかしいのです」

一体何があったのだろう？

悩む瑠璃を一瞥した勾仁は、むくりと起き上がって書物を閉じた。

『人の子の考えることなど、我らにはわからん。たとえわかったとしても、命じられなければそれは動く必要がないということだ』

「こういうときだけ急に式神らしいことを言わないでください」

命じなくても勝手に動くのは誰ですか、と瑠璃は呆れた目を勾仁に向ける。

『あれは、何か起きれば自分で解決できる男だ。あいつにはその力がある。にも拘《かか》わらず頭を悩ませているとしたら、瑠璃にどうにかできることではないぞ』

「だとしても」

その先は、口にするのが躊躇われた。

（私は先生のお心を聞きたい。何か心配事があるなら話してほしい。これは身勝手なお願いなのかもしれないけれど）

勾仁の言う通り、瑠璃には何の力もないから話してくれないのかもしれない。泉は元々、自分のことをあまり話す方ではない。以前はそういう人なのだと思っていたのに、今はそれが寂しいと感じてしまっていた。

(本当に、私には何もできないのかしら?)

まもなく正午になる。

そろそろ泉が起きてくる時間で、食事の支度をしなくてはいけない。

『気になるなら聞いてみればいい。存外、どうでもいいことかもしれん』

「そんな……」

本人に聞くのが一番早いということはわかっていて、「それができれば悩まない」と瑠璃は肩を落とす。

なぜ聞けないのかわからない、そんな顔をしている勾仁をこの場に残したまま、瑠璃は厨へと向かった。

その夜。いつもなら奥の間にいるはずの泉が、縁側に座っていた。

傍らには、書物が三冊積んである。

瑠璃は「やはりおかしい」と思い、淹《い》れたての茶を持って様子を窺いに行った。

「失礼いたします。先生、お茶が入りました」

「ん？　まだ起きていたのか」

振り返った泉は、一見するといつも通りに見える。ただしそれは、瑠璃を気遣って装っているのだと何となく思った。

瑠璃は縁側に膝をつき、泉の右側に湯呑を置く。

「今宵《こよい》は、どなたもいらっしゃいませんね」

「そうだな」

こんな風に誰も来ない夜はある。かといって、泉がぼんやりしているのは初めてだ。

瑠璃は意を決し、泉の横顔を見ながら尋ねた。

「先生、何かあったのではありませんか？　このところ、お顔に迷いが見られます」

図々《ずうずう》しいと思われるかもしれない。

面倒なことを聞く女だと思われるかもしれない。

それでも、このままにしておくことはできなかった。

「私は、先生が遠くにおられるように思えて……案じておりました」

不安な気持ちが指先に出て、自分の手と手を無意識のうちに摑んでいた。

泉は驚いた顔でこちらを見て、少しの間の後で「そうか」と呟く。

「別に何も、といったところでごまかせないか」

そう言って自嘲気味に笑った泉は、小さなため息をつく。

やはり何か心配事があったのだ、と瑠璃は思った。

「私は何の力もありませんが、こうしてここにおります。話を聞かせてもらえないでしょうか？」

遠慮がちにそう言えば、泉は前を向いたまま話を始めた。

「大して面白くもない話だが、それでもいいか？」

「はい」

瑠璃は姿勢を正し、何でも聞きますという気持ちを態度に表す。

泉は茶を一口飲むと、置いてあった書物に視線を落として言った。

「これは伯父の土志田基孝が書いたものだ。庶民でも気軽に使える薬を作ろうと、草木の薬効を調べては書き記していた」

「お優しい方だったのですね」

「ただのお人好しだ。藩医でいれば必要な物は何でも手に入ったはずなのに、わざわざこんなところに診療所を構えるなど、普通に考えればどうかしている」

口ではそんな風に言いながらも、泉の表情は和らいでいた。

そんな伯父が好きだったのだと伝わってくる。

「先日の祝言の後、善右衛門殿に聞かれたのだ。『そろそろ墓を作ってもいい頃なのでは？』と」

「お墓ですか？　でも基孝様は……」

泉からは「消息不明」だと聞いていた。まだ生きている可能性がないわけではない。

しかしながら、戦に出たまま連絡が途絶えた者は三年も経てば家族が墓を作る。墓の中に遺骨はないが、それでも墓前で手を合わせて成仏を祈るのが一般的だった。

「善右衛門殿は、娘の祝言をきっかけにようやく亡き妻の遺骨を寺に預ける決心がついたらしい。それで俺にもそろそろ墓を作ってはどうかと。伯父がここを出てもう八年だ。徳川方で戦った者たちの墓はとっくに作られているからな」

八年という月日は長い。無事であったなら、何らかの知らせがあるはずだ。

「先生は、善右衛門様に何とお返事をなさったのですか？」

「仕事が落ち着いたら、と」

それは建前で、本心は伯父の死を受け入れられないのだろう。最後に見たのが元気な姿であればなおさら、どこかで生きているのではと信じてしまう。

（基孝様に、さぞ会いたいでしょうに）

鷹宮家を勘当された泉を養子にし、育ててくれた人だと聞いている。

本当の親よりも親であった人を恋しいと思うのは当然で、泉の気持ちを思うと胸が締め付けられるようだった。

「わかっているのだ、このままでいるのはよくないと。八年も経てばすでにあの世の暮らしにも慣れた頃だろう。弔ってやらねば、とは思う。……だから、きちんと伯父の生死を確かめようと思ったのだ」

「確かめる？　そんなことができるのですか？」

「今の俺なら、式神を使って伯父の行方を捜せる」

「あっ、桂男のときのように？」

八咫烏に模した式神で、泉は上野にいた桂男を見つけていた。あれは〝目〟が戻ったからこそ使える術で、それを使えば伯父の生死がわかると言う。

「式神がただの紙に戻れば、伯父はすでにこの世にいない。八咫烏が飛び立てば、俺は霊力の糸を辿って伯父の下へ行ける」

「そんなことが……」

ではなぜ術を今すぐ使わないのか？

理由は、泉の表情からわかった。

「俺は、知るのが恐ろしい。さっさとやればいいものを、己がこれほど臆病だとは思わなかった。真実を知るすべを持っているのに、何もできずにいる」

否応《いやおう》なしに両親の死を突きつけられた瑠璃と、八年も伯父が行方知れずの泉では状況が異なる。

（知るのが怖いのは当然だわ。だって生きていてほしいと思っているんだもの）

いっそこのまま知らぬままの方が幸せかもしれない。でも知りたい。もたらされる結果が望んだものでなかったとき、自分はどうなってしまうのか？

揺れ動く心が痛いほどよくわかった。

瑠璃はかける言葉が見つからず、ただ黙って泉の話を聞いていた。

「そういえば、さきほど書物を出したとき子どもの頃の着物を見つけた。捨ててくれと頼んだはずだが、取っておいてくれたのだな」

「は、はい。すみません、勝手に」

泉は静かに首を振る。大して思い入れはないが、あって困る物でもないと言う。

「あれは俺が伯父に引き取られたときに着てきた物だ。母に連れられ、ここへ来た」

「では、基孝様があのように大事に取っておいてくださったのですね」

「そのようだな。俺は当時、〝目〟が視えなくなり自棄《やけ》になっていた。不貞腐れた態度で、可愛げのない甥《おい》だったと思う」

天才陰陽師と持て囃された少年が、あっけなく廃嫡され勘当された。

想像しただけで悲しくなり、眉根を寄せる。

「伯父は『あやかしが視えないならこの先どうしようもない』と不満を零した俺に、『私もあやかしが視えない。大丈夫だ！』と言って笑い飛ばしてな。それくらい何てことないと……陰陽師ではなく普通の人間としての生き方を教えてくれた」

次第に伯父の存在が心の拠《よ》り所《どころ》になり、人が良すぎてどこか頼りない伯父を助けるために立派になろうと思ったと言う。

「医者のくせに食うに困るほど貧乏で、それなのに伝手《つて》を使って俺を医学塾に入れてくれて」

「まぁ、先生は医学塾で学んだのですか？」

「蘭方医《らんぽうい》と喧嘩して三年で辞めたが」

泉は視えないなりに陰陽術と医術をどちらも使って患者を治そうと考えた。しかし、普通の医者にそれはできない。根本的に考え方が合わず、喧嘩になったのだそうだ。

「相手は名医と言われる医者の息子で、伯父のことを『藩医を辞めた腰抜け』とも罵った。ただの町人など病を治してやるほどの価値はない、とも言っていた。このような男がいずれ医者になるのかと思うと吐き気がして、医学塾を辞めることにした。だが、そのときも伯父は『いつかやると思った』と笑って俺を叱らなかった。……俺は心のどこかで、伯父だけは自分の味方だと信じていたのだ。結局、甘えていたのだ」

「子が親に甘えるのは、何もおかしなことではないと思いますよ？」

引き取られた後、泉は幸せだったのだろう。

瑠璃がかすかに笑みを浮かべてそう言うと、泉もまた少しだけ笑った。しかし、すぐに悲しげな目に変わる。

「伯父から仲間を助けるために戦へいくと言われたとき、やめておけと俺は何度も言った。あの人は刀も扱えず、陰陽術も使えない普通の人間だ。でも、医者として仲間を見捨てられぬと決心を変えられなかった。伯父がここを出ていったとき、俺は自分が捨てられた気がしたんだ」

伯父は誰より自分を大事にしてくれていたし、本当の息子のように思ってくれていると知っている。でも、裏切られたような気持ちになったのだと泉は本音を口にした。

「俺は、選んでもらえなかった。そんな自分が今さら伯父を捜すのは滑稽に思える」

迷っているのは、それも理由だと明かす。

話を終えた泉は、大きくため息をついた。

(こんな風に自信のない先生は初めて見た)

瑠璃には、泉を救ってあげられるだけの力も言葉もない。それが悔しくて、せめて自分勝手に涙を流さないようにと必死で堪《こら》える。

「つまらない話を聞かせてしまった。すまないな」

「いいえ……つまらなくなどありません」

何かできることはないかと必死で考えるけれど、気の利いた言葉も思い浮かばずなおさら悲しくなってくる。

「先生」

絞り出した声は頼りなく、でも顔を上げてどうにか告げた。

「大事な人の生死を確かめるのは怖いです。私に術が使えたとしても、先生と同じように躊躇うと思います。ただ、私が基孝様のお立場なら……先生にもう一度会えたら嬉しいと思います」

何年経っても、きっと本当の息子のように思う気持ちは変わらない。自分を捜して尋ねて来てくれたらどれほど嬉しいか、瑠璃は懸命に考えた。

「鷹宮の紋付羽織は、とても大事に仕舞われていました」

勘当されたのだから二度と袖を通すことはない。それなのに大事に取ってあったのは、『可愛い子どもの思い出』としてではないか。

古びた家財道具やカビの生えた畳、手入れが行き届いていない家であの衣装一式だけが昔の形を保っていた。

「基孝様は、ご自分のことよりも先生を大事に想っていたのではないでしょうか？　差し出がましいお願いですが、先生を今の優しい先生に育ててくれた基孝様に私もお会いしたいです。可能性が少しでもあるなら、捜してみませんか？」

きちんと伝えたいのに、目に涙が浮かんでくる。堰《せき》を切ったように溢《あふ》れ出したそれは止まらなくなってしまった。

「私、は、頼りないですが……何があっても、おそばに……おりますので」

声を詰まらせ発した言葉は、きちんと伝わったかわからず不安になる。そのとき、しばらく黙っていた泉が瑠璃の頬を手で拭い、仕方ないなという風に笑った。

「そうだな。瑠璃の言う通り、伯父は俺に会えたら喜ぶだろう」

「はい、そうに決まっています」

「ははっ、なるほど。それは捜してやらねばならんな。まだ間に合うかもしれないのに、己の弱さで諦めては帝都一の呪術医の名が廃《すた》る」

「では」

泉は答える前に、右の袖で瑠璃の顔をごしごしと拭う。

思わず仰《の》け反《ぞ》ったところで、膝の上にあった手を包み込むようにして握られた。

驚いて泉の顔を見つめると、真剣な顔で礼を告げられどきりとする。

「情けないところを見せてすまなかった……感謝する」

心臓が激しく鳴り、顔に熱が集まってくるのを感じた。

どうしていいかわからず、何度も「はい」と繰り返すことしかできなかった。


それから十日の後、泉と瑠璃は帝都よりはるか北東にいた。

泉が放った式神は紙に戻ることなく空を飛び、伯父が遠くの地で生きていることがわかったのだ。

「ここはどの辺りでしょう?」

眼下に広がる森や集落を見て、旅装束を纏った瑠璃が尋ねる。頭を覆う竹でできた菅笠《すげがさ》は男性用で、着ている衣も男性用。医者とその見習いを装い、帝都を出て三日が経っていた。

「この近くに壬生城《みぶじょう》の跡があると思う。俺が予想していたよりも遠くまで来た」

途中で立ち寄った寺で書き写させてもらった地図を見ながら、大きな薬箱を背負った泉が答える。

「そんなところまで来たのですか……。式神に駕籠《かご》で運んでもらわなければ、三日では到底たどり着けませんでしたね」

帝都から出たことのない瑠璃にとって、このような旅は初めてだ。すれ違う旅人や荷運びの男衆を見ては「どうしてあれほど速く歩けるのだろう」と驚く。

春とはいえまだ肌寒く、木々の香りが濃い。こんなにも帝都と違うのかと感じさせられた。

「山とは、足が取られるものなのですね」

「瑠璃。ここはまだ山じゃない」

木々が生い茂っていて周囲より高い場所にあるのに、まだ山と言えるような勾配ではないらしい。

泉が指差した方向には、見上げるほどに高い山々が聳《そび》え立っていた。

（一体どうやってあれを越えるのですか……!?）

愕然《がくぜん》とする瑠璃を見て、泉が苦笑いで言った。

「あの山は登らない、心配しなくていい。式神の反応は、すぐそこの集落から動いていない」

「よかった」

大小さまざまな石だらけの道に悪戦苦闘していた瑠璃は、その言葉にほっと胸を撫でおろす。

（いよいよ、先生が基孝様に会える）

生きているとはわかったが、色々とわからないことはあった。

元気でいるのか？　なぜこれまで一度も連絡を寄こさなかったのか？

今は誰とどんな生活を送っているのか？

次から次へと疑問が生まれてくる。

（先生も気にしていらっしゃるはず）

泉には瑠璃以上に思うところがあってもおかしくないのに、でも互いにそれらについては口に出さずにここまでやって来た。

「瑠璃、少し休むか？」

心配そうにこちらを見つめる黒い瞳。

慣れない移動に瑠璃が疲れているのでは、と気遣ってくれているのがわかった。

『だから運んでやると言ったのだ』

勾玉から出てきた勾仁が、そう言って瑠璃を抱き上げる。

しかしこれでは、すれ違う人々に浮いていると誤解されかねない。

「目立ちます！　物の怪《もの け》だと思われたらどうするのですか⁉」

『夢でも見たと思うだけだろう』

「夜中でもないのにそれはありません！　下ろしてください！」

必死で抵抗すると、勾仁は渋々といった顔で瑠璃を下ろした。

それから二度の休憩を挟み、どうにか小さな集落にたどり着いた。

雑木林に囲まれた先に、荒れてはいるが田畑が広がっている。

最初に見つけた小屋に住んでいた老人に声をかけると、「土志田先生」という医者が集落の西の外れにいると教えてもらえた。

「この道をまっすぐ行けばいい。崩れかけた寺があって、そこに住んどるんじゃ」

「あ、ありがとうございます」

ここに来るまでも、誰もいない廃寺をいくつも見かけた。

昨晩泊まったのもそうだった。

(崩れかけた寺にずっと? お一人で不自由もありそうなのに)

聞いたところによると、過去に大きな戦が起こってたくさんの村人が逃げ出し、今はこの集落には五十人も住んでいないらしい。

十年ほど無医村だったそうだが、五年前に土志田基孝と名乗る医者が現れ村人たちを助け、今では隣村からも患者が訪ねてくるほど頼られていると言う。

「伯父上のやりそうなことだ。頼られるうちに身動きが取れなくなったんだろう」

泉は呆れた口調で、でも無事だったことを喜んでいるのがわかる。

瑠璃は二人の再会が楽しみで、自然と口角が上がる。

ところが、教えてもらった通りに集落の中を歩いていくと少しずつ違和感を抱き始める。

「先生」

「クロマツだな。枯れかけている」

目に映る木々は乾いていて、今にも朽ちそうになっていた。

かつて集落を支えていたはずの大きな井戸は涸《か》れ、春だというのにそれを感じさせる空気がまるでない。

「帝都より寒いのはわかりますが、まだ人が暮らしているのにこのように荒れ果てるものでしょうか？」

「わからない。ただ何か異様な気配は感じる」

あやかしか怨霊か、人ならざるものの気配が続いていた。

瑠璃は身を竦め辺りを警戒しながら歩いていく。

夕暮れ時が迫るのに、畑から家路に就く者とすれ違わないのも不気味だった。

「あれか？　廃寺というのは」

泉が笠を少し上げ、遠くに見える崩れた門扉を見つけて言った。石壁や木の柵は無残にもぼろぼろになっていて、霊も逃げ出しそうな雰囲気である。

近づくにつれ、ぬかるんだ地面に草鞋《わらじ》の跡がついているので「こんなところに本当に人が住んでいるのか」と気づき驚く。

二人が廃寺の前までやって来ると、石段の上に見える門の中から茶色の衣服を着た青年が出てくるのが見えた。

薬物を載せた籠を持っていて、下働き風の男性だった。

（基孝様ではない……？　野菜を洗いに行くのかしら）

見たところ、その青年は泉より少し年下の二十歳くらい。生きていれば今年四十五歳だという基孝とは親子ほどの差があり、本人ではないとわかる。

その人は瑠璃と泉の姿を見つけると、明るい笑顔で尋ねた。

「どうも、旅のお方ですか？　どこかお怪我でも？」

こんなことを尋ねられるということは、やはりここに伯父がいるのだ。泉が少し緊張したのが伝わってくる。

「――ここに土志田基孝がいると聞き、やって参りました」

いつも仕事で見せる愛想のよさはなく、取り繕う余裕がないようだった。

瑠璃も固唾《かたず》を呑んで返答を待つ。

「あれ？　お医者さんですか、そのお姿は……先生は確かにここにおりますが、どちらさんです？」

「土志田泉と申します」

「とし、だ？」

青年は目を瞠り、呆気に取られたように固まっていた。

「つまり、その、先生の……？」

「甥です」

「へぇ」

よほど驚いたのだろう、青年はそれ以上の言葉が出ない様子だった。籠を落としそうになってようやく泉から視線を外し、慌てて中へと案内する。

「あ、どうぞ。先生は本堂にいます」

泉は一度瑠璃と目を合わせてから、石段を上がっていく。

瑠璃も黙ってそれに続き、期待で高鳴る胸を懸命に落ち着かせようとしていた。

苔《こけ》に覆われた石畳。今は廃寺でも昔はかなり大きく立派な寺だったとわかる荘厳な二つの塔が見える。

伸び放題の雑草、元は鐘楼《しようろう》だったであろう土台を横目に本堂へと入った。

「戦の後、誰も管理する者がおりませんでしたので仏像も何もかも盗まれちまって、祀《まつ》るもんがないんで本堂で患者を診たり生活したりしているんです」

「それは大変ですね……」

「ひと月も住めば慣れますよ。女の人には向きませんが」

青年はあははと笑ってそう言った。

瑠璃は男のなりを装っているが、近づいて話せばすぐに女だとわかったらしい。でも特に何か尋ねることはなく、瑠璃の名前はおろか、泉との関係性すら聞かなかった。

彼は歩きながら瑠璃と会話をしていても、ちらちらと泉の反応を気にするそぶりを見せる。

(先生のことが気になっていらっしゃる?)

この青年は、自分のことを永太郎《えいたろう》と名乗った。

医者になりたくて勉強中だそうだ。

「土志田先生は、えっと土志田先生の甥御さんでわざわざ東京から？」

「はい、そうです。ああ、私のことは『泉』で。どちらも土志田でややこしいでしょうから」

「わかりました。泉様は先生の文を読んでここへ？」

「文？　いえ、そのようなものは一度も」

「え？　そうなんですか!?　ああ〜、やはり届いていませんでしたか。なるほど、どうりで……」

伯父は文を出していたのか、と小さな声が聞こえる。

忘れられていたわけではなかったと泉が安堵するのがわかり、瑠璃は泉の横顔を見ながら微笑む。

「え？　ではなぜここがわかったんですか？」

「人に捜してもらいました」

「そうですか」

この青年がどんな風に基孝から話を聞いているかわからなかったので、泉は陰陽術のことは伏せた。

(空気が澱《よど》んでいる……平気そうにしているということは、永太郎さんは霊力のない普通の人間なんだわ)

式神に行方を捜させたと話したところで、視えない者には信じてもらえないだろう。それどころか怪しまれる可能性だってある。

廊下に響く、三人分の足音。

永太郎は慣れた手つきで建て付けの悪い引き戸を強引に開け、中にいる基孝に声をかける。

「先生！　御客人《おきやくじん》です！」

壁にはあちこち穴が開いていて、隙間から光が見える。

ちょうど手当てが終わった老婆と入れ替わりで、瑠璃たちは一歩中へ進んだ。

「客？　患者ではなく？」

頬がこけた無精ひげの男性が、部屋の中央に座っていた。

白髪交じりの髪を後ろで一つに結んでいて、足が悪いのか座布団から左足を投げ出している。

(この方が……！)

泉は一歩も動かず伯父らしき人物をじっと見下ろしていたが、はっと息を呑んだ。

(先生によく似ていらっしゃる)

深い皺《しわ》はあるものの、泉と基孝は目元がとてもよく似ていた。

永太郎は基孝のそばに寄り、泉の方を指し示しながら告げる。

「先生、甥御さんです。土志田泉様がいらっしゃいました」

「泉？」

床に両手をつき、ゆっくりと立ち上がった基孝は夢でも見ているような顔つきで呆《ぼう》然《ぜん》とする。

「泉か……？」

「伯父上」

少しずつ近づく二人の距離。

基孝は震える声で泉の名を呼びながら、ゆっくりと歩いていく。

「帰りが遅いから迎えに来た」

泉はやや怒っているようにそう言った。ようやく会えた喜びと、もっと早く会えなかったのかという後悔が入り混じって見え、その顔は悔しそうだった。

「ああ、本当に泉だ……」

「伯父上！」

がくんとその場に膝をつきそうになった基孝を、泉が咄嗟に支える。

「足を悪くしたのか？　……っ!?」

そう言って視線を下げた泉は、基孝の左足に絡まっている細い靄《もや》に気づいたようで絶句した。

瑠璃も驚きのあまり両手で口元を覆う。

(これは呪詛?)

二人が何を注視しているのかわからない永太郎は、不思議そうな顔をしていた。

伯父と再会を果たした泉は、休むことなくその解呪《げじゅ》を行うことになった。

永太郎には川で水を汲んでくるよう頼み、瑠璃は持ってきた布を濡らし本堂の中を清め、それから基孝を布団の上に寝かせた。

「基孝様は誰かに呪われているのですか?」

瑠璃が恐る恐る尋ねると、泉は薬籠の中から護符や薬袋を取り出しながら答える。

「いや、伯父に対してかけられたものではない。この地に残ってしまった怨念がたまたま伯父に憑いたのだろう」

永太郎によれば、基孝の足が不自由になり始めたのはここへ来てすぐのことらしい。

誰かの呪詛の仕業なら、とっくに命を落としていてもおかしくない。

怨念が原因だと伝えたところ半信半疑だったが、「先生がよくなるのなら」と素直に協力してくれた。

「この世に未練を残し、死に切れなかった魂が悪霊と化すことはよくある。それが何の関係もない人間に影響を及ぼすことも珍しくはない」

基孝も、泉の伯父とはいえ霊力はない。怨念に取り憑かれても黒い靄が見えず、どうしようもなかったのだろう。

泉は右手の人差し指と中指を立て、霊力を込めて災厄を解く護符をなぞる。青白く光ったそれを伯父の左足に載せ、さらに念じた。

「土志田泉の名において命ずる。直ちに土志田基孝から離れ十王《じゅうおう》の下へ至れ。悪霊退散！」

瞬く間に黒い靄が四散し、基孝に取り憑いていた怨念は消えてなくなる。

「な、治ったのですか？」

そばで見守っていた永太郎が尋ねる。

「悪しき怨念は祓ったが、すぐに元通りに動くわけではない。ずっと左足を庇《かば》って歩いていたから姿勢も悪いし、曲げ伸ばししていない時間が長すぎたから膝の筋肉が凝り固まっている。まずはきちんと……」

「はぁぁぁ、さすが帝都のお医者様だ。何でもできるんですね」

永太郎には陰陽術や呪術医といった概念がないらしい。帝都の医者のなせる業だと思い込んでいた。

瑠璃は少し離れた場所からそれを見守る。

『えらく単純な男だな』

「勾仁、その言い草はいけませんよ。とても良い方ではありませんか」

本堂の片付けをしている間に、瑠璃は勾仁に周囲の偵察を頼んでいた。集落全体に漂う靄の正体が知りたかったのだ。

（この廃寺に何かが取り憑いているわけではなさそうだし、先生の伯父様だけでなくたくさんの人が何らかの不調を抱えている……）

勾仁は、集落そのものが呪われているわけではないと言う。

『墓や井戸には不審な物はなかった。死者の魂は集落の外に集まり、そこから禍々《まがまが》しい怨念を放っているのでは？』

「怨念が風に乗って運ばれてきているとでも？」

そんなことがあるのだろうか、と瑠璃は不思議に思う。

『目には視えずとも、気が巡る道がある。それに乗じて怨念が流れ込んできているのかもしれん』

「ありがとう、後で先生に報告しますね」

『ふむ。暇つぶしにはなったので良しとしよう』

勾仁はそう言うと、白銀の髪がふわりと揺れて体は煙に変わり勾玉に戻る。

泉は沸かした湯に薬を溶かし、基孝がそれを飲み切るのをじっと見ていた。

「あ……私は食事の支度をしてきます。まだあれを洗っていないので」

永太郎は扉の前に置きっぱなしだった薬物を指さし、気を利かせて本堂を出ていく。

瑠璃が壁際にいるとはいえ、事実上の二人きりになった泉と基孝は互いに言葉を探していた。

「泉、なぜこんなところまで来たのだ」

基孝は、薄い布団の上に座った状態でぽつりと呟く。

その表情は曇っていて、せっかく怨念から解放されたのにすっきりした様子はない。

「私のことなど忘れてくれてよかったのに」

絞り出した声には後悔が滲んでいた。

「泉は私に『戦になど行くな』と言って止めただろう？　負けることがわかっているのに命を捨てに行くな、と」

「…………ああ、言った」

「その通りだった。仲間を助けに行ったのに、私は誰一人救えなかった」

徳川様のためにと戦った仲間たちは、ことごとく命を落とした。彼らを助けたかったのに、どれほど怪我を負っても皆は戦いをやめなかったと基孝は話した。

「深手を負った者たちとこの村に流れ着き、皆の最期を看取《みと》った。そして自分だけが生き残った。命を救うために共に来たはずが、できたのは幾日か命を延ばすだけ。それも今となっては無駄に苦しませたのではと後悔している。……このような不甲斐ない伯父のことなど忘れてくれてよかったのだ」

深い悔恨は、戦が終わっても消えない。

（この方は、仲間を救えなかったことに今もずっと囚われている）

散っていく命を見続けるのは、医者としてどれほどつらかっただろう。想像するだけで胸が苦しくなる。

「戦が終わってから、何度かおまえに文を送ったのだ。しかし返事はなく、届いているのかもわからなかった。だがそれも仕方のないことだと……仲間は皆死んだのに自分だけ家族のもとへ帰れるわけがないと思った。皆が許してくれるはずがないと」

まるで泉に会えないことが自分への罰かのように、基孝はそう言った。

黙って話を聞いていた泉は、ぎゅっと拳を握り締めて目に怒りを滲ませる。

「忘れてくれと本気で思っていたのか？　こちらは忘れようにも忘れられないからこんなところまで来たというのに」

「泉……」

「帰りたいと思わなかったのか？　必ず帰ると言ったくせに、こんな廃寺で死んでいくつもりだったのか!?」

次第に声を荒らげる泉の様子に、慌てたのは瑠璃だった。

（先生は本当に基孝様のことが心配で、こんな再会の仕方は望んでいなかったはず）

気づいたら泉のそばに寄り、その袖を攫《つか》んでいた。

「先生、落ち着いてください。本当は、もっと伝えたいことがあるのでは？」

泉の怒りも悔しさも理解できる。諦めないでほしかったと思う気持ちは当然だ。

でも今は、それよりも伝えなければいけない言葉があると瑠璃は思った。

泉は大きく息をつき、少し冷静さを取り戻す。

そしてまっすぐに伯父を見て告げた。

「伯父上が、生きていてくれてよかった」

基孝は驚いた顔になり、まさかそんなことを言われるとは思わなかったという心境が表れていた。一筋の涙が頬を伝い、くしゃりと顔を歪める。

「死んでいった者たちも、あなたが生きていてよかったと思うはず。それに、親が子に会いたいと思うことを邪魔するほど仲間たちは狭量だったか？　違うだろう……。最期まで立派に戦い、武士らしく散っていった男たちがそんなことを思うわけがない」

弱りきった心が曇るのはよくあることだ、と泉は言った。

そして自分もまた、弱気になって今日まで時間がかかってしまったと詫びた。

「伯父上が戦へ向かったとき、俺は自分が捨てられたのだと思った」

情けないと零す泉に対し、基孝は何度も「違う」と言って首を振る。

大粒の涙が、手の甲にぽたぽたと落ちては流れた。

「私が仲間と共に行ったのは、息子はもう立派に成長したから自分がいなくても大丈夫だと……後を任せられると思ったからだ」

「あのとき俺は十五だぞ？　よくそのようないい加減なことを」

「本当にそう思ったのだ。おまえは私よりはるかに優秀だったから」

わだかまりが解け、二人を包む空気が変わる。

瑠璃はそっと涙を拭い、本当によかったと安堵した。

そのとき、基孝が瑠璃の方を見て尋ねる。

「ところで、お嬢さんは泉の嫁かな？　よくここまで一緒に来てくれた、長旅をさせてすまなかったね」

「え？　あの、ご挨拶が遅れました。私は瑠璃と申しまして、泉縁堂で炊事を……」

「伯父上、瑠璃は嫁ではなく」

「ははは、泉が嫁を連れてくるなんてこんなに嬉しいことがあるとは」

目を細めて喜ぶ基孝はすっかり勘違いしているようだった。

泉が「違う」と否定しても、「よく見つけてきた」と言って褒められる始末。

何度も説明してようやく使用人だと理解してもらえても、「二人で旅をするなどそれこそ責任を取らなくては」と言われてしまった。

（確かに夫婦でもないのに旅をする人はいない）

平気ですと言ったら言ったで、誰とでも二人きりになるふしだらな娘のように聞こえる。最初に瑠璃が雇ってほしいと言ったとき、泉が懸念していたのはこういうことだったのかと今さら気づいた。

（共に暮らしている、食事も一緒、旅にも出かける。これでは勘違いされるのも仕方ないわね……）

ちらりと泉を見上げると、説明するのに疲れたのか「何事もおいおい」と言って黙ってしまった。

「それより、呑符や薬を煎じるからきちんとそれを飲んで養生してくれ。かような暮らしぶりでは治るものも治らない」

「ははは……それはそうだなあ。でも私を必要としてくれる人もいるんだ、そう簡単には休めないよ」

「そんなこと言っている場合か」

すぐにでも動こうとする基孝を、泉は呆れ交じりに睨む。

瑠璃はそんな二人の様子を見てくすりと笑い、「できることがあれば手伝います」と申し出るのだった。

まだ新芽も何も出ていない畑。見上げれば、青紫色の空がぼやけている。

「春霞《はるがすみ》かしら？」

こちらの方が帝都より季節が流れるのが遅いらしい。

瑠璃は手桶の水をひしゃくで汲んでは土に撒《ま》き、畑仕事を手伝っていた。

泉はさきほど廃寺を出て、永太郎を伴い村長のところへ出かけている。集落に漂う怨念を浄化するため、その発生源について聞き取りを行うためだった。

『瑠璃、これは何が育つのだ？』

ついてきていた勾仁が土を眺めながら尋ねる。

「ほうれん草と茄子、それに豆です」

『このような土で作物が育つとは思えぬな』

「今はそうですが、先生が五穀豊穣《ごこくほうじょう》のご祈禱をしてくれるそうです。陰陽術で土地を浄化して蘇《よみがえ》らせると」

元は豊かな土地だったのに、この地に蔓延る怨霊たちの影響で水や土がよくない状態になっている。そう判断した泉は、昨夜のうちに自分にできることを模索していた。

『あれは仕事だけは早いな』

「帝都一の呪術医ですから」

勾仁は褒めるというより呆れていた。

その顔を見て、瑠璃はくすりと笑う。

基孝の足を祓った後、泉は床板が腐っていない部屋を借り、やや傾いた黒檀《こくたん》の机で黙々と筆を動かしていた。夜、瑠璃は泉の傍らで座布団を繋げて横になり、朝目覚めると護符や火焚串《ひたきぐし》などが床一面に並んでいるのを見て驚いた。

「あとは村長さんが怨霊の集まりそうな場所を知っていればいいのですが」

『面倒事は放っておけばよいものを』

「そういうわけにはまいりません。基孝様もしばらくはこちらに留まり療養しなければなりませんし、永太郎さんはこの村の出身。となれば、ここを捨てて新しい土地に移るなどできないでしょう」

せめてより良い暮らしができるようにしてあげたい、泉がそう思うのは理解できた。

「先生は泉縁堂に戻らねばなりません。ずっとそばにいられないなら、できるだけのことをしたいと考えるのは当然だと思いますよ」

『…………』

「勾仁？」

『いや、ようもそんなおせっかいができるものだと呆れて言葉もないだけだ』

またそんなことを言って、と瑠璃は眉根を寄せた。

降り注ぐ日差しを浴び、瑠璃が水を撒いた場所は土がきらきらと輝いている。

(泉縁堂の裏庭にある畑も、もう少し広くしてもいいかもしれない)

畑仕事を始めたのはここ半年のことだが、作物ができたときの喜びは大きく、瑠璃の性分に合っている気がしていた。

それから掃除と繕い物を終えた昼下がり、永太郎と泉が戻ってきた。

おかえりなさいませと言った瑠璃は、二人の泥だらけの足下を見て驚く。

「どちらまで行かれたのです?」

「西の森だ。沢に沿って上流へ上り、その奥にある祠《ほこら》まで行って見てきた」

「祠ですか」

とにかく汚れを落としてもらおうと、瑠璃は急いで湯を沸かす。

薪や枯れ枝はいくらでもあると永太郎が言っていたのは本当で、火を使う分には困ることはなかった。

二人は礎石の上に座り、冷たい水で足を洗った後、瑠璃が持ってきた湯と手拭いで足を拭って温めた。

「お疲れ様でございました」

「はあ〜、本当に疲れました」

永太郎が嘆くようにそう言うと、泉は小さな声で「だから来なくていいと言ったのに」と返す。

泉によれば村長に話を聞きに行ったものの、よそ者だからという理由で警戒されて追い返されたらしい。

「森の中に祠があって昔はそこで神事を行っていた……という話までは聞けたが、その場所は教えてもらえなかった。まったく、『大事な場所だから立ち入るな』と言っておきながらその大事な場所を放置するとは」

理解しがたい、と泉は表情を曇らせた。

結局、永太郎がうろ覚えながら祠の場所まで案内することになり、森の中を彷徨《さまよ》いながら半日かけて行ってきたのだと言う。

「おおよその位置だけ教えてくれれば、俺一人で行ったのに」

「いえいえいえ！　何を言ってるんですか!?　江戸もんが森の中へ入ったらそれこそ生きて帰って来られなくなりますよ!?　先生の甥御さんを一人で行かせるなんてできるわけないでしょう！」

永太郎はぎょっと目を見開いてそう言った。

いくら陰陽術が使えても、永太郎からすればそんなことは関係ない。森で迷わないはずがないと思い込んでいるようだった。

（先生は私の霊力を辿って、ここへは戻って来られるから）

瑠璃にはわからないが、泉は瑠璃のいる方向がわかるらしい。前に卵を買いに出たときも、泉は瑠璃がいる場所を正確に追ってきたのを思い出した。

「だいたい祠が近づいたら『ここで待っていろ』だなんて……一人残されてどれだけ心細かったか」

「それはすまない。ただ、あの先へ普通の人間を近づけたくなかったのだ」

泉のことだ、その場で理由を説明せず「待っていろ」とだけ告げてさっさと歩いていったのだろう。置き去りにされる永太郎を想像し、瑠璃は少し同情した。

二人は乾いた布で足を拭き、本堂の中へと入る。

瑠璃が用意していた白湯《さゆ》を飲むと、泉は話の続きを始めた。

「祠は、その紋様を見るに雷獣を祀るために作られたものだった。だが今は悪しき気が漂っていて、黒い靄に覆われている。死者たちの骸骨や怨念が、がしゃどくろと化し、悪鬼の姿もあった」

「そのようなことになっていたのですか」

瑠璃は驚き、持っていた盆を両腕でぎゅっと抱える。

何という恐ろしいことに……と怯えると同時に二人が無事に戻って来られてよかったとも思う。

「祠そのものを燃やして消し去ってしまえば早いが、雷獣の怒りを買うと面倒なことになる」

泉だけならまだしも、近くに永太郎がいる状況でそうなるのは避けたかった。いったん戻り、出直すことにしたと泉は話す。

「がしゃどくろは、元は人だったのですよね」

「そうだ。この辺りでは大きな戦があったと言うから、そのときの武者たちではないかと思っている。それに悪鬼もまた人の欲望や悪意が鬼になったもの、すべての元は人間だ」

たとえばすべて焼き払ったとして、その魂はどこへ行くのだろう？

痛みや苦しみから解放されるとはいえ、何もかもが無に帰してしまう。

瑠璃は寂しげな顔になる。

（人は十王の審判を受け、次の生を得ると言われている。土地のためにはすぐに浄化が必要だけれど、それでは今彷徨っている魂たちはもう生まれ直すことができない）

「この世に未練を残し、怨霊と化してしまった者はいくらでもいる。すべてを陰陽術で浄化していてはキリがない」

「はい……」

「が、今度ばかりは浄化しようと思う」

「え？」

泉の言葉に、瑠璃は目を丸くした。

「なぜです？」

焼き払えば一瞬だが、浄化するには時間がかかる。泉の性格から考えると、効率を重視しそうなので意外だった。

泉は白湯を飲み干し、一息ついてから答える。

「おまえにそのような顔をさせるのは……な。面倒ではあるが、俺には容易《たやす》いこと」

「よろしいのですか？」

「ああ、瑠璃がいなければここには来られなかっただろうし、できる限りはおまえの意に沿うようにしよう」

まさかそんな風に言ってもらえると思っていなかった瑠璃は、しばらく呆気に取られて言葉が出なかった。

泉は少し気まずそうに視線を逸らし、「そんなにおかしなことを言っただろうか？」と戸惑っている風に見える。

はっと気づいた瑠璃は、慌てて頭を下げた。

「ありがとうございます……！」

死してなお彷徨う武者たち。弔いの後には、きっとこの集落に新しい光が宿る気がした。

【四】隠されていた真実

深夜の森の中。巨大な岩と楠《くすのき》のそばに、石でできた古い祠がある。

周囲を囲む木々に護符を貼り、祠の南側に火焚串を組み上げた簡素な火床を作った。

目の前には、人の言葉など忘れ呻《うめ》き声《ごえ》を上げるだけのがしゃどくろが今にも泉を食らおうと大口を開けている。

ただし彼らは結界に阻まれ、こちら側に来ることはできない。

(やはり燃やし尽くせばよかったか……？　やってみると想像以上に面倒だな)

瑠璃が望むからと浄化を決めたが、怨念の黒い靄が蠢《うごめ》く中でがしゃどくろや悪鬼と対面してみると少しだけ後悔した。

ちらりと背後に目をやれば、大きな木の根の上に座る瑠璃が見える。

隣にはつづらが置いてあり、目が合うと瑠璃は「お食事にしますか？」と無言で尋ねた。

「いや、いい」

泉は額に手を当て、どうしてこんなことになったのかと苦悶の表情を浮かべる。

(目の前の光景とあっちののどかさに差がありすぎる)

ここで弔いをするには一夜中かかるだろう、そう言ったのは泉だったが「ではお支度が必要ですね」と返されてまさか握り飯を持った瑠璃がついてくるとは思わなかった。瑠璃にはできれば見せたくない光景で、「絶対に行きません」と言った永太郎が正しいと思う。

瑠璃は最初こそ怯えていたものの、結界を張れば危険はない上に勾仁も隣にいる。泉が火床を作っている間にすっかり慣れてしまったのか、今ではいつ泉がお腹《なか》をすかせるかと世話を焼く機会を見計らう余裕ができていた。

(肝が太いことはよいことだ)

泉はそう片付けた。

土を踏みしめるとやや湿気《しけ》ていて、草鞋がざっと音を立てる。

火床から上がる炎が次第に大きくなっていき、村人から集めた成仏を願う木札を投げ入れれば黒い靄が逃げるように祠の周囲に寄せ集まる。

「願わくはこの功徳をもってあまねく一切に及ぼし、我らと衆生と皆共に仏道を成ぜん。災いは横津まがれるものなれば、直ある竪《たて》になせば幸成る」

廃寺の蔵で見つけた鉄の錫杖《しゃくじょう》を右手に携え、頭部に通してある遊環を振って鳴らす。

（どうか皆平等に成仏できるように）

縁もゆかりもない他人のために祈る日が来ようとは。

泉は己の変化に驚いていた。

（伯父上は、俺の〝目〟が視えぬままでも普通の医者として生きていけるように育てくれたが、俺は陰陽術と医術のどちらも用いる呪術医になった。視えぬことを恥じる気持ちを、一瞬たりとも忘れたことはなかった）

もしもあやかしが視えたのなら。不可能だと知りながら、何度も想像した。

ところが、視える〝目〟を取り戻したらどうしていいかわからなくなった。

術は使えるのに、伯父を捜す覚悟ができなかったのだ。

――いいか？　瑠璃の力は瑠璃のものだ。それをどのように使うかは己が決めること、責任など感じる必要はない。あまり力に振り回されるな。

蕎麦屋でのことを思い出すと、自嘲めいた笑いが漏れる。

（あれは言い訳だな。偉そうなことを言って、力に振り回されているのは俺の方だ）

結局、瑠璃によって背中を押される形になってしまった。

自分だけでは、今も帝都で思い悩んだままだっただろう。

燃え盛る赤い炎は泉の霊力によって青に変わり、がしゃどくろや悪鬼を次々と包み込むようにして呑み込んでいく。

「祓え給《たま》い、清め給え、神《かむ》ながら守り給い、幸《さきわ》え給え」

片合掌と共に魂の浄化を願えば、これまで怒りに満ちた目をしていたがしゃどくろが動きを止めて殺伐とした雰囲気が変わる。

己がすでに死んでいて、無意味に彷徨っていることに気づいてくれたようだった。

幾つもの魂がそれぞれの心を整えるには、まだまだ時間がかかる。

泉はそれをじっと待つつもりだったが、辺りにキラキラと煌めく光の粒が降ってきた途端に祠に立ち込めていた怨念が消えていく。

「これは……？」

強い霊力の波を感じ、しかもそれは温かく心地よいものだった。

振り返れば勾仁も驚いた顔をしていて、その隣では目を閉じた瑠璃が古い数珠を握って手を合わせていた。ただ、魂たちの成仏を願っているように見える。

「勾仁か？」

（まさかこれも巫女の力？）

未来を視るだけではなかったのか、と泉は驚く。しかも魂たちが成仏していくだけではなく、相当に使ったはずの自分の霊力もすっかり回復していることに気づいた。

右手を下ろすと、錫杖からシャンと小さな音が鳴る。

（この状況では、成仏を嫌がる魂が暴れる心配もなさそうだな）

思いの外、早く仕事が終わってしまった。泉は呆れ笑いを漏らす。

「先生、もう終わったのですか？」

いつの間にか目を開けた瑠璃が、きょとんとした顔でこちらを見ている。

どうやら自分が何かした自覚はないらしい。

（まずいな。使いようによっては疲れを知らぬ兵《つわもの》ができてしまう）

為政者の中には、陰陽師を己の道具として利用し、権力を得ようとする者もいる。

巫女にあるのは未来を視る力だとされているが、さきほどの力が悪用されれば恐ろしい事態が起こるに違いない。

（知らぬ方がいいだろう）

持てる力が大きければ大きいほど、瑠璃はそれを正しく使わなければと頭を悩ませることだろう。そう思った泉は誰にも言わずにいることを決めた。

「皆、おとなしく成仏してくれた」

「それはようございました」

「ああ、瑠璃も疲れただろう？　戻って休もう」

「はい。あっ、握り飯は……？」

「もらう」

泉がそう言うと、瑠璃はさっそくつづらから雑穀の丸い握り飯を取り出す。

持ってきた白米と、粟《あわ》と麦を炊いて塩を少し混ぜてあるだけのそれは、冷えて硬くなっているくらいが片手で食べやすくてちょうどいい。

『泉』

瑠璃の代わりにつづらを担いだとき、勾仁が珍しく深刻な声音で呼びかける。

「握り飯ならまだあるぞ。食うか？」

あえて巫女の力については触れずそう言うと、勾仁は答えなかった。

――瑠璃には何も言うな。

目でそう伝えたところ、勾仁は苦い顔をしつつも納得したようだった。

いつも通り、人を小ばかにした笑みを浮かべる。

『それほど腹が減っていては、歩いて帰れまい？　おまえだけここに泊まるがいい』

「食いながら戻れば平気だ。残念だったな」

『浄化ついでに猪《いのしし》でも狩って帰るか？　より腹が満たされるぞ』

「面倒なことは嫌いなんだ。猪はいらん」

鍋にするのもいいかと一瞬だけ脳裏をよぎったが、どう考えても夜中にすることではない。

「瑠璃、足元に気をつけろよ」

「はい」

枯れ葉だらけの森の中、灯りを手に木々に付けた目印の布を辿って廃寺へ戻る。

帰り支度をする前に、これからのことを伯父と話し合わねばと改めて思いながら足を進めた。

◆◆◆

朝になれば日が昇り、人々はそれぞれの役割をまっとうする。

人ならざるものに出合うたびに、いつもと同じ朝が来ることに安堵した。

「おはようございます、基孝様」

瑠璃が水を入れた桶を持っていくと、すでに基孝は自分で布団を片付けた後だった。

まだ早くは歩けないものの、左足は順調に回復しているように見える。

「こんなことしてくれなくていいんだよ。旅の疲れもあるだろう、瑠璃さんはゆっくり休んでいてくれ」

気遣う気持ちは本心で、でも世話を焼かれるのは苦手らしい。そんなところも泉によく似ていた。

瑠璃が笑顔で「働いている方が気が休まる」と告げると基孝もまた笑ってくれた。

柔和な笑顔が誰からも好かれそうな印象だった。

今日の朝食は麦飯にたくあん、永太郎が森で採ってきた平茸《ひらたけ》を入れた味噌汁。一日二度の食事はどちらも似たような内容だ。

夏が近づけば、川に罠《わな》を仕掛けて魚を捕るのだと言う。

「落ち着いて座って飯を食うのはひさしぶりだ。私はあまりきっちりとした性分ではなくてね。何かに夢中になるとすぐに食事を忘れる」

「ふふっ、では今のうちにしっかり食べていただかねばなりませんね。せっかく足が治ってきたのです、お体の方も健やかにしなくては」

「そうだね。頼もしい若先生がいるから休ませてもらおうかな」

今ここにその若先生はいない。「怪我人が出た」と言って基孝を呼びにきた大工の男に連れられて、とある家に向かったからだ。

見ず知らずの泉に不審な目を向けていた彼も、基孝が「私の甥だ」と言うと信用してくれた。

(基孝様の人徳ですね)

浄化から戻って少し眠っただけの泉を心配した瑠璃は、食事の支度をして帰りを待つことにした。

「——泉にはすでに話をしたんだけれど」

きれいに朝食を平らげた基孝は、茶をすすった後で話を切り出した。

どうやら今後のことが決まったらしい。瑠璃はそれを察し、やや緊張気味に耳を傾ける。

「私は、永太郎が一人前になるまでこの村にいることにする。ここをまた無医村にするわけにはいかないから」

「そうですか……」

何となくそんな気はしていた。でも、泉のために一緒に戻ってほしかったという気持ちもあった。

足が完全に治ったとして、基孝があさけの町に戻ってくるのは何年後のことなのだろう？

すでに四十五歳で、長旅に耐えられるだけの体力がいつまであるのかも気にかかる。

（ずっと離れ離れだったのに、またお別れしてしまうのは寂しい）

心の中ではそう思っても使用人の立場からは何も言えず、ただ控えめな笑みを浮かべるしかなかった。

「瑠璃さんはどう思う？」

「え？」

ここでふと、基孝が瑠璃の考えを尋ねる。

意見を求められるとは思ってもみなかったので、瑠璃は目を瞬かせた。

「私は……少し寂しいです」

正直に答えると、基孝は腕組みをしてうんうんと何度も頷き同調した。

「そうだよね。せっかく会えたのに寂しいよね」

「はい」

「泉はね、何も言わなかったんだ。『そうすると思った』と、それだけ」

基孝は苦笑いだった。寂しいのは私だけかとちょっと落ち込んだよ、とも言う。

泉もきっと思うところはあるのだろうが、理由が理由だけに納得しているのだろうと瑠璃は推測する。

(それに、先生は寂しいなどと口にする性分ではない)

寂しいから一緒に帰ってくれ、なんて絶対に言わないだろう。

「これからはきちんと連絡がつくように、式神を置いていくとは言っていたけどね。鐘楼のあった場所に文を置くと鳥が運んでくれるらしい」

「まあ……！　それはいいですね」

「そうだろう？　今生の別れにならずに済みそうで安心したんだ。ああ、瑠璃さんのおかげで泉の〝目〟が戻ったらしいね？　本当にありがとう」

「いえ、私は何も」

改めて礼を言われ、瑠璃は恐縮してしまう。

基孝にとっても泉の〝目〟のことは気がかりだったそうで、医術でどうにかならないかとも探ったが何もわからなかったと話した。

「それで、思い出したんだが……」

基孝は、戦に出た後も泉の〝目〟を治す手がかりになるものはないかと、立ち寄る寺や出会った陰陽師らに話を聞いていたそうだ。

「ここから南に下ると、朱色の門が立派な徳聖天院がある。そこに、松代藩出身の僧がいたんだ」

「松代の……ですか？」

「うん、泉と同じ年でね。武家の子息だったが刀を振り回すのは性に合わなかったから出家したと言っていたな。戦が終わる前から敵味方関係なく助けてくれて、立派な若者だった。名前を覚えていなくて申し訳ないんだけれど、瑠璃さんは松代の滝沢家の出だと泉から聞いてその人のことを思い出したんだよ」

基孝がその僧に会ったのは七年前らしい。

（父様と母様が亡くなった時期だわ）

その僧が、まだそこにいるとは限らない。とはいえ、もしかすると藩主様や父のことを知る人かもしれない、と思ったら会ってみたい気持ちになった。

「ありがとうございます。先生がいいと言ってくだされば、徳聖天院に立ち寄りたいと思います」

瑠璃は礼を述べると、使い終わった器を片付けるために厨へ戻った。

ちょうど泉が戻ってきたので、食事を温め直して本堂へと運ぶ。

基孝から話を聞いたと報告すると、泉は瑠璃が言い出す前に「帰りは徳聖天院へ寄って帰ろう」と言ってくれた。

『で、いつここを発《た》つのだ？』

勾玉から出てきた勾仁がさらりと尋ねる。

「勾仁、そんな急かすようなことを……」

『泉縁堂にいる猫たちが気になる』

「あの子たちは毛倡妓がいるから大丈夫ですよ」

八年ぶりの再会なのだから、泉は基孝ともう少し一緒にいたいはず。瑠璃は勾仁を窘《たしな》めたが、泉はあっさりと答えた。

「明日にはここを出るつもりだ」

五穀豊穣の祈禱も今日のうちに済ませ、明日の昼にはここを発つと泉は言った。

「よそ者が長くいていい場所ではない。それに、便利な術があればそれに頼りきりになる。最低限のことだけして、ここから離れた方がいい」

「よろしいのですか……？」

瑠璃が気になっているのは、伯父と泉のことだった。

でも、泉はもう十分だと笑った。

また会えて、しかも話もできたからこれでいいのだと言う。

『生きていればまた会えるしな』

「そういうことだ」

『おまえが死なぬよう気をつけよ』

「俺の方か……！」

勾仁は泉を見下ろし、鼻で笑ってまたすぐに消えた。「まったくあいつはいつでもどこでも腹立たしい」と目を眇めた泉だったが、瑠璃はわずかな違和感を抱いていた。

（近頃、勾仁はすぐに勾玉に戻ってしまう）

どうか気のせいであってほしい。

一度生まれた不安はなかなか拭えず、瑠璃はそれを忘れたくて本堂の隅々まで掃除をして気を紛らわせた。

別れの挨拶は、瑠璃が思っていたよりもずっと短かった。

基孝は集落の外れにある橋まで見送ってくれて、「また会える日を楽しみにしている」と言って笑っていた。

あまりにもあっさりとしているので、別れてしばらく経ってから瑠璃が泉に尋ねたところ、「今生の別れのような空気を出すと本当にそうなる気がするから」という答えが返ってきた。

よく晴れた空の下を、泉と二人で並んで歩く。

「徳聖天院はこの道をまっすぐですよね。近くてよかったです」

「ああ、一日もあれば着くと永太郎が言っていた。徳聖天院はときおり市も開くそうで、薬の材料を買い付けにいくらしい」

帝都ではあまり聞かない話だが、このように地方では寺院に人々が集まって物々交換を行ったり、露店を出したりすることがままあると言う。

薬や護符などが手に入ることもあり、帝都まで行けない者たちにとっては貴重な機会となっていた。

二人が徳聖天院に着いたのは、基孝のいた集落を出て丸一日後のことだった。

豊かな木々は青々と茂っていて、敷地内には薄灰色の玉砂利が敷かれている。

この辺りに住んでいると思われる町人の家族連れから笠を被った旅人まで、様々な人たちの姿が見えた。

「空気が澄んでいてとても気持ちいいです」

「そうだな」

清らかな空気に、旅の疲れも吹き飛ぶような心地だった。

泉によれば、ここにも強い結界が張られているらしい。

「さて、目当ての人物に会えるかどうか……？」

少し歩くだけで、幾人もの僧とすれ違った。かなり立派な寺であることから、相当な人数の僧がいるのだと想像できる。

尋ね人について正直に伝えたところで、果たして取り合ってくれるかどうか？

滝沢の名を出すことも考えたが、家を捨てたも同然の瑠璃にそれは叶わない。

考え事をしながら歩いていると、ほんの少しだけ欠けていた石畳に足を取られて転びそうになってしまう。

「きゃっ」

「瑠璃！」

泉の腕に助けられ、危うく難を逃れた。

「すみません」

思っていたより足が疲れているのかもしれない。気を付けなければ、と反省しながら姿勢を戻す。

そのとき、墓地の方から薪の束を背負ってこちらに向かってきていた一人の僧が、思わずといった風に呟く。

「ルリ？」

目が合うと、彼は聞こえてしまったのかと申し訳なさそうに会釈をする。

その表情や仕草をどこか懐かしく思った瑠璃は、ついじっと彼の顔に見入った。彼もまた、窺うように瑠璃の姿をまじまじと見つめている。

「まさか知り合いか？」

「どうでしょう……？」

瑠璃はゆっくりと首を傾げる。しばらく見つめ合うも何の確証も得られず、先に痺《しび》れを切らしたのは向こうの方だった。

「あの、もし」

少し緊張気味にこちらに歩いてきた彼は、瑠璃の正面で立ち止まる。

「お嬢様は、瑠璃様というお名前でしょうか？」

「は、はい」

「ああ、珍しいお名前ですね。懐かしくて、つい……失礼を」

「懐かしい？」

近くで見ると、やはりこの顔立ちに見覚えがあった。

切れ長の目に、薄い唇。右耳の下に二つ並んだほくろがある。

古い記憶を必死に引っ張り出した瑠璃は、震える声でその名前を口にした。

「市川《いちかわ》家の綱道《つなみち》殿ですか？」

彼の表情がみるみるうちに明るく変わっていき、正解だったのだと確信する。

「はい……！　はい、綱道でございます。瑠璃お嬢様！」

彼もまた陰陽師の家系に生まれ、いずれは藩主の護衛にと言われていた一人だった。

幼い頃に何度か会ったことがあり、子どもたちだけで集まった際に皆で歌を詠んだことを思い出す。

「ああ、また会えるなんて」

瑠璃は胸を手で押さえ、御仏が導いてくれたご縁だと喜ぶ。

彼もまた、感極まって涙ぐんでいた。

「あなたはなぜ出家を？」

「ええっと、恥ずかしながら私は霊力もさほどあらず、刀も銃もからっきしで……。御仏に仕える方が性に合うのではと考えたのです」

そういえば、彼が父親に叱責されているのを見たことがあった。

市川家は忠義心の強い家柄で、彼の父は「男児たるもの強くあるべき」という思想を持っていた。男児同士で相撲を取ったり木刀で打ち合ったりするよりも、おなごに紛れてかるたや歌に興じている方が好きという綱道はたびたび父親に叱られていた。

彼は眦《まなじり》の涙を指で拭いながら言う。

「出家したとき、親兄弟のみならず藩の者とも二度と会えぬと思っていましたのに、まさかお嬢様にお会いできるとは」

「えっと、今はもう綱道殿と呼ぶのは違うのですね？」

「はい、道雲《どううん》という名に改めました」

武家の男子だった頃とは違い、丸めた頭も名前もすっかり僧らしくなっている。

二人が最後に会ったのは瑠璃の両親の葬儀で、あのとき瑠璃は悲しみに暮れていて彼と言葉を交わしたかどうかは記憶にない。

ただ物腰柔らかな印象は変わっておらず、その笑顔も昔のままのような気がした。

（基孝様が出会った僧は、綱道殿で間違いない）

泉と同じ年で、今年二十四歳になる。その特徴もぴったり当てはまっていた。

「あなたこそ、よく私がわかりましたね」

十歳から十七歳になったのだ。見た目だけでは然《そ》う然うわからないと思った。

「あまりおられないお名前ですから。それに……ずっと案じておりました」

眉尻を下げたその表情からは、本当に安堵したのだという気持ちが伝わってくる。

どうしてそこまで？　と疑問に思ったが、再会を喜ばれるのは嬉しかった。

「気にかけていただき、ありがとうございます」

目を細め、感謝の気持ちを伝える瑠璃。

しかし、綱道が口にしたのは信じられない言葉だった。

「成澄様があのようなことになり、次はお嬢様が狙われるのではと」

瑠璃の顔から笑みが消える。頭が真っ白になり、息をするのも忘れてしまった。

（次……？　次って何？）

泉もまた、驚いた顔で綱道を見つめていた。

二人の反応を見て、彼の顔色がさっと変わる。自分がまずいことを言ったのだろう、と焦りの色が浮かんでいた。

『おい！　どういうことだ！』

「勾仁!!」

胸元に忍ばせていた勾玉から、ものすごい剣幕の勾仁が現れる。

榛《はしばみ》色の付衣《つけころも》を左手で掴み、話を聞き出そうとした。

『成澄は事故で亡くなったのではなかったのか!?　おまえは何を知っている！』

「し、式神!?　あなたは成澄様の？」

綱道は勾仁を覚えていた。ぎょっと目を見開き、なぜ今も存在しているのだと混乱していた。

「待て、ここでは目立つ。いったん場所を移そう」

泉が二人の間に割って入り、勾仁に手を離せと告げる。

激情を抑えられない勾仁だったが、泉に諭され渋々その手を離す。

(父様と母様は殺された？　私は今日まで何も知らずに)

瑠璃は呆然としていて、立っているのがやっとの状態だった。

(東吉郎様や一族の者は皆知っていたの……？)

頭の中に止めどなく疑問が生まれてくる。

青い顔で今にも倒れそうになっている瑠璃を見て、泉が右腕でしっかりと背中を支えてくれた。

「瑠璃、歩けるか？」

「は、はい」

泉と目が合い、ようやく頭が回り始める。詳しく話を聞くにしても、ここではだめだ。ただし、精神的な衝撃が大きすぎてうまく歩けそうになかった。

「あの、本堂の裏に経蔵《きようぞう》がございます。狭いですが、そこなら話ができるかと」

『案内しろ』

「はいっ！　こ、こちらです」

勾仁に対してひどく怯えながら、綱道は慌てて歩き始める。

強い風が砂埃《すなぼこり》を巻き上げ、木々の枝葉を大きく揺らす。

瑠璃は泉に寄りかかりながら懸命に足を動かし、綱道の後を追った。

まっすぐに伸びた竹に囲まれた古い経蔵。

巻物や書物が所狭しと置かれていて、中央にある四畳ほどの空間に全員で集まって座る。

勾仁の神力が漏れ出していて、肌でその怒りの大きさを感じた。

瑠璃の正面に座った綱道は、控えめな声で質問した。

「お嬢様は、東吉郎様の預かりとなられたのではなかったのですか？　東吉郎様からは……何も聞いておられない？」

「ええ、何も。両親は馬車が横転し、亡くなったと聞きました」

「そうだったんですか」

綱道は、瑠璃が東吉郎からすべて聞いていると思い込んでいたらしい。気まずそうに手で額や頬を撫でると、緊張気味に話し始めた。

「私は父からこの話を聞きました。『成澄様と千草《ちぐさ》様のご夫妻は馬車で移動中に襲撃に遭って亡くなった』と。おそらく東吉郎様はご存じなかったのではないでしょうか。あの方の性分を考えると、知っていれば当主にならなかったと思いますから」

瑠璃は黙って頷く。

本当は今にも倒れそうだったが、しっかり話が聞ける状態であると見せなければ教えてもらえないだろうと思い、精いっぱい平静を装っていた。

『成澄は強い陰陽師だった。不意を衝《つ》かれたとしても、易々《やすやす》と殺されるとは思えぬ』

「私もそう思いました。でも少々込み入った事情がございまして……」

ここで綱道はちらりと窺うように泉を見る。

この人物は一体誰なのか、話を進めてもよいのかと躊躇っているのが見て取れる。

「こちらは私が今お世話になっている呪術医の土志田泉様です。信頼のおける方なので、どうかこのまま話してください」

瑠璃がそう言うと、綱道はわかりましたと言って再び視線を瑠璃に戻した。

「徳川の世が終わり新政府軍の勝利が確実なものとなった頃、力のある陰陽師が次々と襲われるようになりました。当時、松代藩の陰陽師も一枚岩ではなく、成澄様はそれを憂えておられました」

また一人、また一人と消されていく陰陽師たち。最初こそ敵対する勢力の仕業では、と疑っていた成澄たちだったが次第に人間のできることではないと気づいたと言う。

「実は襲われていたのは松代藩の陰陽師だけではなかったのです。水戸や小田原、川越の陰陽師にも異変が起きていました。それで、そのときだけは互いの力を合わせて共闘しようという意見でまとまり、会談の代表者として成澄様ご夫妻が話し合いの場に出かけることになって――そこへ向かう途中で襲撃が起きたのです」

当時、瑠璃は十歳で何も知らされていなかった。

勾仁が護衛に付けられていたのはてっきり自分が『巫女』だからだと思っていたが、どうやらそれだけではなかったらしい。

(私は陰陽術が使えない。でも両親は、私が狙われることも警戒して勾仁を？)

鷹宮のような力を誇る家は、生まれた女児にも術を教える。けれど、滝沢のような藩付きの陰陽師が技を教え込むのは男児だけだ。

相手がどのような条件で襲う相手を選んでいるかわからない以上、両親が瑠璃に式神を付けて守らせようとするのは自然なことだった。

あの日、瑠璃が視た夢は黒い鳥が馬の前を横切り、興奮して暴れたことによって馬車が横転するという内容だった。

恐怖で飛び起き、その後どうなったのかまでは視られなかった。

(馬車が横転しても、両親はまだ生きていた？　その後で、人ならざるものに襲われたの？)

瑠璃は、夢で視たことがすべてだと思い込んでいたことに気づく。

「誰が何のために陰陽師を襲っているのか、わからず仕舞いでした。相手は鬼かあやかしか、襲撃者の正体は攫めず、各藩の陰陽師たちが手を取り合うという話も成澄様の死によってうやむやになりました」

残ったのは、次に誰が狙われるのかという漠然とした恐れだけ。

綱道は当時まだ十五歳で元服したばかりで、仲間たちが理由もわからず死んでいくのを見て「死にたくない」と強く思ったそうだ。

「そういうことだったのか」

泉がぽつりと呟く。

その顔を見ると、神妙な面持ちではあるが納得した様子もあった。

「滝沢は名家だ。なのに、東吉郎が当主になれたことがずっと不思議でならなかった。殺される可能性があったのならば、当主候補が限られるのもわかる」

しかも相手は、瑠璃の父を殺《あや》めることができるほどの力を持っている。滝沢家を手中に収めたとしても、殺されてしまっては意味がない。

そういう理由があったのなら、霊力が少ない東吉郎が当主になったことも腑に落ちる。東吉郎は周囲をうまく丸め込んだつもりだったのかもしれないが、実は一族の者たちに利用されていた。

「相手が腕の立つ陰陽師だけを狙っていたのなら、東吉郎が狙われることはない。無能で助かるとは皮肉なものだ」

泉は呆れ交じりにそう言った。

綱道は申し訳なさそうに俯き、膝の上で拳を握り締めた。

「私はあの後すぐに出家しましたので、滝沢家がどうなったのか、依然として陰陽師たちが襲われ続けたのか……何も知りません。瑠璃お嬢様のお力になれず、本当に申し訳ありません」

口には出さなかったが、綱道のような分家の子息が瑠璃の婿になり、その家が後ろ盾になる方法はあったのだろう。でもそうしなかったのは、巻き込まれたくなかったからだ。

（生きるために目を背けた、でもそれを責めることはできない）

瑠璃は静かに首を振り、謝ることはないと彼を慰めた。

「私は、今まで両親の死について疑ったことはありませんでした。ただ悲しくて、あまり思い出さないようにしていたくらいです。何もできなかったのは私も同じです。あなたとこうしてまた会えて話を聞けた、それだけで十分です。私は、あなたが生きていてくれて嬉しいですよ？」

「すみません。本当に、すみません」

手を合わせ、縋るような声音で何度も謝る綱道を見ていたら哀れに思った。

（私はこれからどうすれば……？）

長い年月を経て知らされた真実に、塞がっていたはずの傷口が開いたかのように心が痛い。俯いて口を閉ざす瑠璃に、泉は何も言わなかった。

突然にドンという音がして、悔しげに顔を歪ませた勾仁が壁を叩く。

『ふざけるな！　成澄があやかしに負けたと言うか!?　あいつは……あいつはそんな弱い男ではない！』

勾仁にとって成澄は主君で、唯一無二の存在だった。

己の与《あずか》り知らぬところで何者かに殺され、それを知らずに今まで過ごしてきたことが許せないのだと伝わってくる。

その激しい怒りは空気を震わせ、勾仁を中心に吹き荒れる風に思わず目を瞑《つぶ》る。

ばさばさと巻物や書物が棚から落ち、床に散らばる。

「神力を抑えろ、経蔵が壊れる」

『ぐっ……！』

泉が勾仁を窘める。

ぎりりと歯を食いしばっていた勾仁だったが、目を閉じてしばらくすると風が止《や》んで落ち着きを取り戻したように見えた。

綱道は勾仁の怒りが自分に向かうのではと怯えていて、隅の方へ寄り壁に身を寄せて震えている。

瑠璃は泉に対し、何か知っていることはないか問いかけた。

「先生は陰陽師が襲われるという出来事に、心当たりはございませんか？」

「何も……その時期は雪泰と連絡を取っていなかったし、鷹宮《あの家》との付き合いはまったくなかった。だが、陰陽寮《おんみようりよう》の者たちからもそのような話は聞いたことがない。滝沢成澄殿が亡くなった後も襲撃が続いていたなら、俺の耳にも噂くらいは入りそうなものだが」

帝都に戻ったら調べてみるか、と泉は言った。

『敵《かたき》を見つけ出し、首を落とす。よいな、瑠璃』

勾仁の目は本気だった。

胡坐をかき、強い力で床に扇を突き立てる。

勾仁の怒りはもっともだったが、瑠璃はどうしていいかわからなかった。

(父様たちの敵は討ちたい。でも、もう誰も失いたくない)

式神がいるとはいえ、瑠璃は無力だ。普通の娘と何ら変わらず、目の前で勾仁が戦っていても手伝うことはできない。

唇が震え、声を発するまでにしばらくかかった。

「――少し考えさせてください」

『瑠璃?』

すっと立ち上がり、経蔵を出る。

茜《あかね》色の美しい空が広がっていて、言いようのない虚《むな》しさが込み上げた。

「巫女の力など、何の役にも立たないではありませんか。父様、母様」

あのとき自分が間に合っていれば。数え切れないほど繰り返した後悔の言葉が、今なお胸を抉《えぐ》る。

戦う術を持たない自分がみじめで、「すぐにでも敵討ちを」と言えない弱さが悔しくて堪らなかった。

竹林に囲まれたここには誰もおらず、冷たい風が頬を撫でては消えていく。

瑠璃は膝をついて蹲《うずくま》り、両手で顔を覆って涙を流した。

【五】交錯する想い

五月。

あちこちで真鯉《まごい》が空を泳いでいて、町は賑やかさを増している。

泉縁堂に戻ってきた瑠璃たちは、旅の疲れを癒やす間もなく日常の中にいた。

降霊術を行ったところ狐《きつね》に憑かれてしまった祠官《しかん》、夜になると襖に女の影が映るという華族の男性、家宝の掛け軸が呪われていると悩む役人……泉が帰ってきた途端に何人もの相談者が駆け込んできたのだ。

九堂からも文と大きな桐箱が届いていた。

――見た者の正気を奪うという水墨画を買ってしまったので、陰陽術でどうにかしてください。

九堂と基孝は旧知の仲で、泉が引き取られてからの付き合いだそうだ。基孝のところへ行くと話すと旅装束や道具類、保存食に路銀まで様々な物を用意してくれたので、この依頼も無下にはできなかった。

（先生が早く帰ろうとしたのは、こうなることがわかっていたからなのね）
泉は昼過ぎから祈禱に出かけていて、空が夕焼け色に染まる頃に帰ってきた。
さっき風呂から上がり、奥の間で文の整理をしている。
瑠璃は廊下の行灯に火を入れ、戸締りの確認をして回っていた。
忙《せわ》しなく動き回ることで、苦しい胸の内を忘れたいと思っているのかもしれない。
これからのことを考えなければと思うのに、自分の心が追いついていかなかった。
『キュイッ』
窓を閉めていると、足下で可愛らしい鳴き声がした。
文を腹に巻き付けたイタチが、二本足で器用に立ちながら瑠璃を見つめている。
「まあ、いらっしゃい。雪泰様からの文を届けてくれたの？」
声をかけながらしゃがむと、イタチは嬉しそうに尻尾を振った。
その愛らしさに堪らず手を伸ばして抱き締める。
「よく来てくれたわね。先生のところへ行きましょう」
自然に笑みが浮かび、声が弾んだ。
『あっ、そいつまた来たの？』
トタトタと小さな足音を立てて近づいてきたのは毛倡妓だ。
みねの一件以来、毛倡妓は母屋の中にも出入りできる状態になっている。泉はあやかしを信用していないが、瑠璃のために配慮してくれていた。

イタチを抱きながら、瑠璃は毛倡妓に説明する。

「先生が、伯父様と会えたことを雪泰様にお知らせしたのです。そのお返事かと」

『ふぅん。雪泰は本当にまめな男ね。鷹宮の陰陽師が落ちたというか上がったというか、よくあの一族の当主なんてやっていられるわね』

あやかしにとって鷹宮家は油断ならない相手らしい。毛倡妓は雪泰のことも最初は警戒していて、泉縁堂にその気配を感じると近づこうとしなかった。

瑠璃は、イタチと毛倡妓を連れて母屋の中を移動する。

「先生？」

奥の間に顔を出すと、薄灰色の長衣姿の泉が文箱《ふばこ》を引き出しに片付けるところだった。机の上には硯《すずり》と筆があり、ちょうど各所への文を書き終えたばかりに思える。

泉はイタチを見て「雪泰か」と気づく。胴に巻き付けてあった文を取ると、その場で目を通し始める。

イタチは机の上にちょこんと座り、泉が返事をくれるのをじっと待っていた。

最初こそ雪泰からの文を喜んでいるように見えた泉が、少し表情を曇らせたのが気にかかる。読み終わった後に小さく息をついたのを見て、瑠璃は躊躇いがちに尋ねた。

「雪泰様は何と……？　よくない知らせでもありましたか？」

「いや、伯父上が見つかってよかったと。あとは式神についてだが新しい情報はまだないと書いてある」

「そうですか……」

勾仁を、勾仁のままでこの世に繋《つな》ぎ止めたい。

そう願う瑠璃は落胆の色を見せた。

「それから、雪泰が『巫女』についても調べてくれたらしい。鷹宮の先祖がかつての巫女に会ったことがあると」

「巫女に？　それは私の前の巫女ということでしょうか？」

「そのようだ」

雪泰の文によれば、高祖父が巫女の守護に任じられた手記があったとのこと。

身分も容姿もどこにでもいるような凡庸な娘でありながら、ある日を境に高貴なお方の正室になったらしい。

「その娘はあやかしをそばに置き、さらには神の言葉を代弁する特別な存在だったと手記には書かれていたそうだ」

「神の言葉を？」

「しかもその娘は、己の力で式神を召喚していたらしい」

瑠璃は目を瞠り、息を呑んだ。

（それが本当なら、私も式神が喚べるかもしれない。ならば勾仁は……！）

しかし、瑠璃が何を思ったか察した泉がそれを否定した。

「だが、その巫女は徐々に衰弱して亡くなったと。高祖父は、力を使い過ぎて早逝したのではないかと推察していた」

巫女の力そのものが人の手に余るものだったのか、それとも陰陽術を使い続けたことが負担だったのかそこまではわからない。

でも泉が文を読んで表情を曇らせたのは、瑠璃に勧められないと感じたからだった。

「昔は今よりあやかしの動きが活発だった。そのせいで巫女は常に狙われ、身を守るためには自ら戦う必要があったらしい」

「それほどまでに狙われていたのですか？」

瑠璃は、滝沢家の結界と勾仁の力で今日まで生き延びることができた。ときおり邪《よこしま》なあやかしがやってくることはあったが、命の危険を感じたことはない。

陰陽師に守られていても自ら戦わなければならなかったその巫女は、どれほどの心労があったのだろう。瑠璃は表情を曇らせる。

「真偽のほどはわからんが、あやかしは巫女を食らうとその妖力が増すらしい。だからこそ鷹宮の力が必要とされたと手記には書かれていたそうだ」

それではまるで贄のようだ、と瑠璃はぞっとした。

闇に呑まれ、力を欲したあやかしが自分を食らいにくる。

(私はずっとこのままなの？　守られるだけで、自分ではどうすることもできないなんて)

答えの出ない葛藤は続く。

文を置いた泉は、イタチの頭を撫でて「返事はしばし待て」と告げた。そして瑠璃を見て、真剣な顔つきで諭す。

「いくら霊力があっても、陰陽術を使うのは心身に負担がかかる。子どもの頃から訓練されていても負担はかかるのに、今から瑠璃が術を学ぶならなおさら……しかも勾仁は高位の式神だ。たとえ使役できるようになったとして、この巫女のように力を使いすぎて死んでしまう可能性は十分にある。俺が瑠璃に陰陽術を教えることも考えていたが、この話を知ってしまった今、それはできない」

泉が言うことはもっともだった。

勾仁を生かすために術を学んだとして、瑠璃が死ねばそのとき勾仁も消えるだろう。

残念だが諦めるほかはないのだと理解する。

「わかりました。私も、先生のご意見が正しいと思います」

瑠璃が納得したのを見て、泉は少し安堵したようだった。

「実は、私に力があればと考えていました」

瑠璃は自嘲めいた笑みを浮かべる。

「でも私は臆病で、両親を殺めた相手に勝てるかわからないと不安しかありませんでした。私自身が誰かと戦うことも想像できず、何より勾仁を失いたくないと……戦ってほしくないと思ったのです」

「分別がついているだけだ。やみくもに復讐心《ふくしゅうしん》だけを膨らませてもどうにもならん」

敵討ちを決心できない自分を恥じる瑠璃に、泉はそれでいいと言う。

「けれど、ふとしたときに思うのです。両親が襲われたのは私が巫女だったからなのではと。巫女などどこの世に生まれてはいけなかったのです」

人には隠していたとはいえ、どこかで漏れた可能性はある。

(あやかしには隠し通せないし、両親は私のせいで殺されたのでは？)

自分さえいなければ両親は殺されずに済んだ。そんな考えが浮かんで離れない。

「私のせいかもしれないのに、仇討《あだう》ちから逃げるなど……許されるのかと」

瑠璃は苦しい気持ちを零す。

「俺の経験上、あやかしは小難しい策は練らない。瑠璃が狙いならまっすぐに滝沢邸を襲うだろう。親を殺してその後で、という発想にはならない」

泉は瑠璃をまっすぐに見てそう言った。

おまえのせいじゃないと慰められるよりも、事実としてそういう見方になるのだということに瑠璃の気持ちは少し落ち着きを取り戻す。

　瑠璃の納得した顔を見て、泉はさらに続ける。

「敵討ちについては……俺は伯父が戦へ行ったとき、止められなかったことをとても悔やんだ。死に急ぐような真似《まね》はやめてもらいたいと思ったのだ。俺は、瑠璃には踏み止《とど》まってほしい」

　早まるなという泉の強い思いに、瑠璃は少しだけ笑みを浮かべて答える。

「先生はお医者様ですものね。むざむざ死なせるわけにはいかないというお気持ち、理解いたしました。ありがとうございます」

　優しいこの方を悲しませるわけにはいかない。瑠璃はそう思った。

　気持ちを切り替えようとして、わざと明るく振る舞おうとしたところで急に袖を攫まれた。

「少し、違う」

「何がですか？」

　泉は眉根を寄せて目を眇め、言いにくいことがあるといった様子だ。

　瑠璃がきょとんとした顔で言葉を待っていると、ゆっくりと袖を離してから言った。

「医者としてではない。俺が瑠璃に死んでほしくない。ずっとそばにいてくれるのだろう？　ならば、笑って過ごせるようにしてやるのも俺の務めだと思うのだ」

驚く瑠璃に、泉はなおも言った。

「いざとなれば俺を使え。ここまで来れば、生きるも死ぬも巻き込まれてやる」

見つめ合ったまま、目を逸らすことができない。

泉は本気で、瑠璃の人生を背負おうとしてくれていた。

（どうしてそこまで）

お人好しという言葉では片付けられない。その目を見ていると、自分が特別に想われているような気がしてくる。

でも、泉の本心を確かめるのが怖かった。

（私の思い違いなら、とてもここにいられない……！　それに、先生のことだって巻き込みたくなんかない）

大事な人だからこそ、災いを呼ぶ存在にはなりたくなかった。

――リィン……リィン……。

来客を知らせる鈴の音に、泉も瑠璃もびくりと肩を揺らす。

まだ夜になっていないのに、早くも客が来たらしい。

「あ……私が出ます！」

瑠璃は急いで奥の間を出て、着物の裾を手で押さえながら小走りに玄関へ向かう。

（落ち着いて、落ち着いてお客様をお出迎えしなきゃ）

何度も深呼吸をして平静を取り戻そうとした。

毛倡妓が瑠璃の後を追ってきていて、鼻をひくひくさせながら言う。

『匂いがする』

「何のですか？」

『雪泰の匂い……でも少し違う』

「雪泰様ならさきほど文が来ましたよ？」

鷹宮家の使いでも来たのだろうか？　今文が届いたばかりなのに、本人がやってくるとは考えにくい。

「失礼する」

客人を待つ瑠璃の前に現れたのは、みずみずしい若緑色の留袖を着た黒髪の女性だった。年は二十代半ばか、意志の強そうな目が印象的でまるで人形のように美しい人だと瑠璃は思った。

「ようこそいらっしゃいました。主人の土志田泉に御用でしょうか？」

「ああ、そうじゃ。少々話がしたくてここへ来た」

何やら含みのある笑みを浮かべたその人は、瑠璃のことをじっと観察するように見つめる。

その後すぐに辺りを見回し、彼女は呟くように言った。

「本当に診療所をやっておるのだな」

「あの……？」

「ああ、泉禅に伝えてくれ。鷹宮ひな子が会いに来たと、な」

「鷹宮、ひな子様？」

雪泰の妻だった。毛倡妓が雪泰の匂いがすると言ったのは当たっていた。

（この方がひな子様）

泉より一つ下の二十三歳。

土御門《つちみかど》家の傍系、香月《かづき》家の四女で『鷹宮の当主の妻』になるべくして育てられた人と聞いている。今は雪泰の妻で四歳と二歳の娘がいるが、泉にとっては幼馴染でかつては許嫁だった女性だ。

（なぜ突然ここへ？）

一瞬、見入ってしまったものの瑠璃は慌てて「かしこまりました」と告げる。

「どうぞ、中でお待ちください」

「ああ、そうさせてもらおう。……おまえたちはそこで待て」

堂々としたその風格はまさに姫君。

扉の外にいた二人の護衛を待たせると、ひな子は中へと足を踏み入れた。

ひな子の来訪を泉に伝えると、ぎょっと目を見開いてすぐに立ち上がった。

「雪泰様がお話しになったのでしょうか？」

「いや、おそらくイタチの後を付けてきたのだろう」

廊下を急ぎながら、泉は「今さら何しに来たのだ」「くそ面倒なことになる予感しかしない」とその端整な顔を歪めて言った。

茶の間の襖を開ければ、ひな子が座布団の上に正座して待っていた。

「久しぶりだな、泉禅。元気そうで何よりじゃ」

にこりと笑ったその顔は、少々怒っているように見える。

雪泰がこっそりと泉に連絡を取っていたのが気に入らない、そんな気持ちが顔に書いてあった。

「久しいな。おまえこそ相変わらずで何より」

泉はひな子の正面に座り、露骨にうんざりした顔をするので瑠璃の方が慌ててしまった。

「すぐにお茶を用意いたします」

そう言って瑠璃が厨へ行こうとすると、二人から同時に制される。

「その必要はない」

「構わぬ」

そういうわけにも、と思った瑠璃だったが気圧《けお》されてしまった。

毛倡妓とイタチも襖の横でじっと中の様子を窺っている。

「では、御用がございましたらお声かけくださいませ」

「待て、そなたが滝沢家の娘であろう？　名は瑠璃じゃな。泉禅が引き取ったという」

「は、はい……？」

「家を乗っ取られ、随分と可哀想《かわいそう》な目に遭っていたそうじゃな。さぞ己の境遇が恨めしいであろう」

「いいえ、そのようなことは」

何もかも調べがついている、そんな空気を感じて瑠璃は身を強張らせた。

ひな子はずっと笑顔なのにどこか恐ろしい。

「いきなりやって来てその物言いは何だ？　ここで好き勝手するのは許さない」

「たかが使用人にえらく執心しているな？　泉禅らしくもない」

睨み合う二人。

瑠璃は身を固くして様子を窺っていた。

「そなた……雪泰様に取り入って鷹宮を手に入れようなどと企《たくら》んではおらぬな？」

「は？」

「え？」

突拍子もない話に、泉も瑠璃も唖然《あぜん》とする。

「まったく、雪泰様がこそこそと出かけたり文を出したりするものだから、何事かと思うて調べたのじゃ。泉禅とは長らく会うておらんかったのに、なぜか突然に連絡を取り合うようになり、しかも鷹宮のごたごたにも首を突っ込まれて」

「おい、俺が首を突っ込んだのではない。向こうから面倒事がやってきたのだ」

泉が不服そうに訴えても、ひな子はそれを無視して話を続ける。

「私は案じていたのじゃ。お優しい雪泰様が泉禅に唆され、当主の座を譲ると言い出すのではないかと」

「…………」

唆してはいないが、当主の座を譲るとは言われた。

泉は目を逸らし、瑠璃は気まずさにぐっと押し黙る。

「俺は今さら戻る気はないぞ」

「それはありがたい。視えぬ男に当主は務まらぬ。だいたい、己の技を磨くことにしか興味のない者が人の上に立てるわけがなかろう？　だからなおさら、よくわからなくなったのだ。なぜ雪泰様はここへ通うておるのか？」

ひな子はここで瑠璃を見る。

その視線の冷たさに、瑠璃はひゅっと息を呑んだ。

「さてはここに女がおるのか、と私は疑ったのじゃ」

「そ、そのようなことは決して……！」

瑠璃は慌てて否定する。

あの雪泰が不義理をするとは考えにくいし、しかもそれが弟の家の使用人だなどとあり得るわけがなかった。

ここへ通っているのも実弟の泉が心配だからで、その他に理由などない。

狼狽える瑠璃だったが、泉が庇うよりも前にひな子が澄ました顔で自ら否定した。

「まあ、それは来てみてわかった。そなたは人の夫を騙すようなおなごではない。邪な気配が一切感じられぬからな。そもそも雪泰様に限って浮気などあるわけがなかろう？」

「おまえが言い出したんだぞ」

泉は目元を引き攣らせて呆れていた。

ひな子はあははと声を上げて笑い、口元を右手で覆って言った。

「困ったものじゃな。悋気《りんき》というのはふとしたときに湧いて出て、理屈より感情で物事を捉えてしまう。色々言うてみたが、今日はただ泉禅の顔を見に来ただけじゃ」

雪泰にもここへ来ていることは伝えていないらしい。

これまで秘密にされた意趣返しのようなものだ、とひな子は言っていた。

「別にわざわざ来なくてもよかったのに」

泉はすでに疲れた顔になっている。

以前、ひな子とは気が合わないと言っていたがどうやら本当だったらしい。

「今や私はそなたにとって兄嫁だぞ？　労いの言葉の一つもないとは」

やれやれと言った風にひな子は嘆く。

「あの、私はやはりお茶を用意してきます」

一度は断られたものの、瑠璃はそう言って厨へ向かった。

二人の間柄は険悪というわけではなさそうで、やはり茶くらい用意しなくてはと思ったのだ。

瑠璃が茶の用意をして戻ってくると、二人は特に世間話をするわけでもなく会話はなかった。

ひな子は庭を眺めていて、機嫌がよさそうだった。

瑠璃がひな子の前に茶器と落雁《らくがん》を置くと、彼女はぽつりと呟く。

「ここはよいな。とても静かじゃ」

その横顔に憂いを感じ、瑠璃は少し気にかかる。

「私の知る泉禅は、診療所などできる性分ではなかった。傲慢で人に情けをかけることはなく、瑠璃殿のような娘を引き取るなどあり得ない。どうやら少しは丸うなったようじゃな」

彼女なりに泉のことを心配していたのだろう、その目からは兄弟を見るような親愛の情が感じられた。

瑠璃と泉の顔を交互に見た後で、茶器に視線を落とす。

泉はさきほどまでの様子とは違い、真剣な面持ちで尋ねた。

「鷹宮でまた何かあったのか？」

顔を見に来ただけということはないはずだ。泉はそう考えているようだった。

ひな子は、少し沈んだ声音で話し始める。

「年の暮れには、泉禅だけでなく瑠璃殿にも迷惑をかけたと聞いた。雪泰様から聞いておるだろうが、鷹宮の一族はかなり揺れておる。皆、『次はどの家が裏切るのか？』と警戒し合っていてかつてのような結束はない」

雪泰から聞いていたよりも状況はよくないらしい。

ひな子も当主の妻として方々に気を配ってはいるものの、うまくいく兆しはないと嘆いた。

「しかも、あの一件とはまったく関係のない時和《ときわ》家や柴田《しばた》家の陰陽師が襲われるという不審な出来事もあってな。二人が死に、一人は命に別状はないが今も床に臥したままじゃ。舅《しゅうと》殿は敵を見つけ出すと息まいておるが、襲ってきたのがどこの家なのか未だ何の手掛かりもない」

本郷家が裏切ったばかりのこの忙しい時期に、とひな子は苦悶の表情を浮かべた。

陰陽師同士の争いはときおり起こっていたそうだが、なぜ今なのかと恨み言がしばらく続いた。

ひな子の話を聞き、瑠璃は「まさか」と身を強張らせる。

(父様のときと同じ……?)

ちらりと泉の横顔を盗み見る。

泉は真剣な表情で、何かを思案していた。

「ああ、雪泰様がイタチに持たせた文には何と書いてあった?」

「……伯父上のことだけだ。見つかってよかった、と」

その言葉に、ひな子は少し笑った。

「そうか。やはり雪泰様は泉禅に助けてくれとは言わんかったか」

泉はもう鷹宮の人間ではない。頼るべきではないという、雪泰の思いが窺える。

(ひな子様は、本当は先生に助けてもらいたいと思っているんだ。でも、先生が表立って鷹宮に手を貸せば雪泰様の威厳に関わる。当主としてふさわしくないと判断されては、今よりもっと状況は悪くなるだろう)

何百年もかけて築き上げてきた絆《きずな》が崩れかけているのだ。人心を繋ぎ止めるのは困難を極める。

泉はひな子の気持ちをわかった上で、きっぱりと言い切る。

「鷹宮を放逐された俺には、何もしてやれることはない」

「わかっておる。八歳のおまえを廃嫡し、死んだことにして追放までした鷹宮は恨まれこそすれ助けてもらう義理などない。……でも、一つだけ願うならどうか雪泰様のことだけは守ってもらいたい」

「視えぬ男に何ができると？」

「別に戦えとは言わぬ。ただ、兄を裏切らぬと約束してくれ。今の雪泰様に必要なのは百の兵より一人の味方じゃ」

言い終えると、ひな子は視線を落とし優雅な所作で茶を口にする。仕草一つにしても風格があり、瞬きをする横顔すら隙がない。

（これほどの方が先生にお願い事をするなんて）

頼み事などする人ではないだろうに。瑠璃はひな子の心痛を思い、苦しい気持ちになる。

泉は返事をしなかったが、ようやく和解できた兄を見捨てられる人ではない。

「私にとっては生家も鷹宮も大事じゃ。だが、お家が雪泰様を苦しめるのなら私は迷わず雪泰様を取る。信頼できる者だけで新たな鷹宮を作るのもいいと思うた。雪泰様のためになるのなら、な……」

「おまえは本当に昔から雪泰のことだけだな」

「当然じゃ。偉そうな爺《じじい》どもはどうなろうと構わぬが、雪泰様のことは私が生涯そばでお支えすると決めておる」

家同士が決めた結婚。それでもひな子は雪泰を心から想っているのだとわかった。

(妻としてできる限りのことをしたい、そんな気持ちで先生の下へ……)

落雁もきれいに食べ終えたひな子は「長居すると家の者に悟られる」と言い、来たときと同じように自信に満ちた笑みを浮かべて立ち上がった。

外へ出ると、いつぞやの雪泰のように「早く結婚しろ」と言う。

「泉禅が女を幸せにできるとは思えぬが、それなりに財はあろう? 瑠璃殿、医者というのは聞こえもよい。いい嫁ぎ先だと思うぞ」

「下手な押し売りはやめろ」

泉はじとりとした目で睨む。

瑠璃は苦笑交じりに「私にはもったいないです」と返事をした。

「私は、嫁ぐ相手に渡せる物を何一つ持っておりませんし……」

華族令嬢でなくなった瑠璃は、どこかへ嫁ぐ理由がない。相手に捧《ささ》げられる物もない。そんな自分が誰かの妻になることを想像できなかった。

「それに、先生は使用人に手を付けるような方ではございません」

行く先々で誤解されるが、自分はともかく泉の印象だけは守りたい。

瑠璃はきっぱりと言い切った。

これを聞いたひな子は露骨に顔を歪め、悲痛な面持ちで泉を見る。

「哀れな……！」

なぜ泉が哀れに思われるのだろう、と瑠璃は不思議そうな顔をした。

隣を見上げれば、どこか寂しげな表情の泉がいる。

「これは時間がかかりそうじゃ。また様子を見に来よう」

「もう来るな」

「いいや、必ず来る」

ひな子はひとしきり笑った後で、瑠璃に言った。

「しがらみがないのも大変だな。誰とどう生きるかを己で選び取らねばならん」

にぃと笑ったひな子は、二人の護衛と共に颯爽《さっそう》と歩いていった。

すぐにその姿は見えなくなり、辺りには静寂が広がる。

「変わったお方でしたね」

何気なくそう述べると、泉は右手で頭を掻《か》きながら「迷惑な」とぼやく。

こんな風に言っていても、結局は助け船を出すのだろう。

（私は先生のそういうところが……）

しかしここでふと我に返る。

今自分は何を思ったのか？　心臓がどきりと大きく跳ねた。

「どうした？」

「いえ、何でもありません」

じっと見つめられれば、耐えられず目を逸らしてしまう。

この気持ちに気づいてはいけない。瞬時にそう思った瑠璃は、食事の支度をするからと言って逃げるように母屋へ戻っていった。


春の嵐は木々を揺らし、薄闇が広がる庭からときおりびゅうっという音が聞こえてくる。

寝間着の浴衣に着替えた瑠璃は、自室で勾仁と向かい合って座っていた。

両親の無念は晴らしたいが、勾仁に戦ってほしくない。今の自分にとっては、少しでも長く勾仁にいてもらうことの方が大事なのだと正直に告げた。

（わかってくれるかどうか）

勾仁は瑠璃を守るために存在している。だが同時に、主である成澄のために戦う役目も負っていた。

「勾仁にとっては、仇を討つ方が当然の行動でしょう。そんなあなたに戦うなというのは筋が通っていないと私も理解しています。でも……それでも勾仁が消えてしまうのは嫌なのです」

ひな子から聞いた不審な出来事についてはもちろん気になる。

もしや両親を殺したあやかしが再び現れたのかと思うと「真実が知りたい」という気持ちに駆られる。

（父より勝るあやかしと戦うとなれば、勾仁だって無傷では済まないはず）

神力を使えば使うほど、この世に留まれる時間は短くなってしまう。術者を亡くした勾仁がどうしてここにいられるのかがわからないままでは、今は何もしないでほしいと切に願った。

『瑠璃は私に、生きながら死ねと？』

不機嫌そうに眉根を寄せてそう言われた瑠璃は、悲しげな声音で呟く。

「私といることは、勾仁にとって死んでいると同じことなのですか？」

その言い草はあまりに酷いのではないか、と膝の上でぎゅっと手を握り締める。

これには勾仁も焦りの色を滲ませ、すぐさま弁明した。

『違う！　そういうことではなくて……成澄の敵がいるならそれを討つのが式神としての役目なのだ。それに』

「それに？」

『どうせ消える運命なら、瑠璃にできるだけのことを残してやりたい。瑠璃が安心して暮らせるように仇を取ってから消えたいのだ』

直接言葉にはしなかったが、勾仁は己がもう長く留まれないとわかっていた。二人がどれほど強く一緒にいたいと願っても、一刻一刻とその時は近づいている。

互いの気持ちはわかるがどちらも譲らず、落としどころは見つからない。

見かねた様子の毛倡妓が、襖をスッと開けて入ってきた。

『あのさぁ、二人とも。仇が誰かわからなきゃこの話し合いって意味がないわよ？』

反論の余地もなかった。瑠璃と勾仁は揃って沈黙する。

『あやかしの仕業だったとして、そのあやかしだってすでに陰陽師に討たれているかもしれないじゃない？』

毛倡妓の示した可能性は大いにあった。

瑠璃の父が亡くなってから七年、泉が方々に確認してくれたが陰陽師が襲われるという事件はしばらく起きていなかった。

『あやかしって寿命は長いけれど、鷹宮のほかにも土御門や犬鳴《いぬなき》、加賀《かが》、敵の陰陽師は多いわ。安心安全な人間狩りなんてないんだから』

『瑠璃の前で、狩るという表現はよせ』

無害なあやかしも当然いるが、毛倡妓も若い男の生気を吸い取る。その行為は、獲物を狙う『狩り』という言葉がふさわしい。

（あやかしの考えることはわからない。なぜ父様たち陰陽師が殺されなければならなかったのか、何が目的だったのか私には見当もつかない）

毛倡妓の言う通り、今ここであれこれ議論したところで答えは出ない。

（先生は『俺を使え』と言ってくださったけれど、危ない目に遭ってほしくない）

部屋の片隅にある鏡台の上には、泉からもらった簪が置いてある。身に着けたのはみねの婚礼のときだけで、日中は毎日お守りのように懐に入れていた。

（やっぱり私は、もう誰にも傷ついてほしくない）

逃げだと言われてもいい。これが自分の望みなのだから。

「勾仁、私の気持ちは変わりません。できるだけ長くそばにいてほしいのです」

まっすぐに見つめ、きっぱりと伝えた。

勾仁はふいと目を逸らし、ぼそぼそと不満を口にする。

『いらぬところが成澄に似おって……頑固なところがそっくりだ。こちらの意見を否定もしなければ認めもしない。まったく難儀なことだ』

それを聞いた瑠璃は苦笑いになる。

勾仁は傍若無人《ぼうじゃくぶじん》に見えて、結局は瑠璃に甘いのだ。意見が食い違っても、強引にねじ伏せてくることはない。

「さあ、もう休みましょう。毛倡妓はこれからおでかけですか？」

『そうよ。春宵一刻直千金《しゅんしょういっこくあたいせんきん》、春の夜は千金に値する美男が歩いているかもしれない素晴らしい時期なのよ』

「そんな意味でしたっけ？」

何だか違う気がする。

首を傾げる瑠璃をそのままに、毛倡妓は機嫌よく尻尾を振りながら襖を前足で器用に開けて出ていく。

すでに床につく時間は過ぎていて、それに気が付くと次第に眠気がやってくる。

『もう寝ろ。明日も早いだろう』

「はい、おやすみなさい」

勾仁はふわりと煙と化し、勾玉に戻る。

一人きりになった瑠璃は行灯の火を吹き消して布団に入った。

東の空が白み始め、松の木の陰からうっすらと朝陽が差し込む。

瑠璃は泉の姿を捜し、母屋の中を浴衣に素足のままで走っていた。

「先生！　先生！」

必死に捜し続けるものの、母屋にその姿はない。

（奥の間にはいなかった。でも羽織や薬籠はそのままだったから、屋敷の中にいるはず……！）

次々と部屋の襖を開けるも空振りで、次第に泣きそうな顔になりながら泉を捜した。

母屋を捜し尽した瑠璃は、草履も履かずに勝手口から飛び出す。

もしやと思いやってきた裏の畑で見慣れた後ろ姿を見つけたら、自分でも信じられないくらいの大声で叫んでしまった。

「先生！」

「瑠璃!?」

屈《かが》んで植物の根を抜いていた泉は呼びかけに気づくと振り向き、そしてぎょっと目を見開いた。

「一体何事だ!?」

「あやかしが……！　舟、舟に！」

駆け寄った瑠璃は小石に躓《つまず》き、勢い余って泉の胸に倒れ込む。受け止めようとした泉だったが、瑠璃に押し倒される形で土の上に仰向けになった。

「す、すみません」

「痛っ……！」

倒れた瞬間、鈍い音がしたのは泉が後頭部を打ったからだ。

瑠璃は申し訳なさそうに起き上がり、泉もまた頭についた土を手で払いながら上半身を起こす。

泉は痛そうに顔を顰めた後、はぁと息をつく。

瑠璃は土だらけの裾や足を払うことも忘れ、必死に訴えかけた。

「夢を視ました！　雪泰様が、陰陽師の方々が、あやかしに襲われるのを」

「雪泰が？」

まだ激しく鳴っている心臓の音は、夢とはいえ凄惨な出来事を見たからだ。瑠璃は呼吸を整えながらも、夢で視た内容を話し続ける。

「満月の夜です。真っ暗で、真ん丸な月だけが空に浮いていて、川の水面《みなも》に浮く屋形船が見えました。そこへ雪泰様と護衛の方、桔梗《ききょう》と種のような家紋の礼装を着た男性たちが三人やってきて、舟に乗り込もうとしたときに黒い影が頭上から現れて……鋭い槍《やり》のようなものがたくさん降ってきて……」

胸の前で握り合わせた手は小刻みに震えていて、しばらく収まることはなかった。

（落ち着かなければ。まだ何も起こっていない、雪泰様はご無事でいらっしゃる）

夢で視たのは、いつものように穏やかな笑みを浮かべた雪泰だった。

護衛たちに労いの言葉をかけていたところも、その優しい人柄に笑みが浮かんだくらいだ。それなのに――。

「大丈夫だ、ゆっくりでいい」

自分の兄が殺されるかもしれないという予知だ。泉だって動揺しているはずなのに、震える瑠璃を抱き締めて宥《なだ》めてくれた。

腕の中で何度も深呼吸を繰り返していると、少し気持ちが落ち着いてくる。

瑠璃は目を閉じて、夢で視たことを再び思い出しながら言葉にしていった。

「その場にいた方々は皆、護符や人形を用いて戦っていました。皆さん、陰陽師の方で間違いないです。あやかしは人の形をしていて、藁《わら》のような薄い色の髪をした青年に見えました。雪泰様より頭二つ分ほど大きくて、裾が膨らんだ白い袴を穿《は》いていて……槍のようなものをたくさん背中に背負っていた気がします」

「槍？」

泉が考え込むのがわかる。

「背中からこう、千手観音像のような」

満月の灯りだけが頼りで、はっきりと視えなかったのがはがゆい。瑠璃は悔しそうに顔を顰めた。

「あやかしはとても動きが速く、雪泰様は苦戦なさっていました。護衛の方が右肩を槍で貫かれ、その後で雪泰様も腹を……」

辺り一面が血の海と化し、その場にいた五人は全員が瀕死《ひんし》の状態だった。

しかしあやかしはとどめを刺さず、まるで品定めするように倒れた五人の周囲を歩き回っていた。

瑠璃が視たのはそこまでで、その後どうなったのかはわからない。

「ああ、そういえばあやかしは左腕に甕《かめ》を抱えていました」

「甕?」

「はい。昔見た、遺骨を入れる筒形の甕に似ていました」

「シビトガメか」

呪いをその身に受けて亡くなった者は、周囲に災厄が広がるのを防ぐために火葬して弔うことがあった。瑠璃も母からそれを教わり、一度だけ見たことがある。

「戦っているときは、ただ持っているだけでそれを使うことはありませんでした。なぜあやかしがあんな物を持っていたのか……?」

人間の体がそのまま甕に入るわけがない。不思議がる瑠璃だったが、泉がぽつりと呟くように言った。

「魂を集めるあやかしがいる? やり方は違うが、桂男も人の生気を吸い魂を朽ちさせるのだから似たようなものだな」

「魂を……。それならば、あやかしが倒れた者たちの周りを歩き回っていたのも理解できます」

魂を奪われると人は死ぬ。

瑠璃は雪泰が危ないと改めて思った。

「先生」

「満月は五日後だ。今すぐ雪泰に伝令を送る」

泉はそう言うと瑠璃の両肩を摑み、その場に立たせた。

「あ……」

ここでようやく自分の浴衣や足が土にまみれていることに気づき、小さな手で慌ててそれを払う。つま先や踵《かかと》にあちこち細い傷がついていて、じわりと痛みを感じた。

(私ったら着替えもせずにこんな格好ではしたない)

瑠璃が浴衣の首元を整えている間に、泉は袖の中から小さな白い折り鶴を取り出し、手のひらに乗せて息を吹きかけた。くるくると回りながら頭と胸が黒いハクセキレイに変わったそれに、泉は雪泰への忠告を込める。

「舟に乗るな。月が満ちると災いになる」

青白く光った後、鳥は青空に向かって消えていく。

「鷹宮の雪泰様のところへ飛ばしたのですか？」

「そうだ。これも〝目〟が視えるようになったから使える術だな」

泉によればこの方法だとほんの一言しか伝えられないが、名乗らずとも泉の声で雪泰に届けられるし、ほかの人間には聞こえないという。

それからわずか一時間後。藤色の着物に着替えた瑠璃と泉が少し遅い朝餉《あさげ》を取った頃合いでハクセキレイが戻ってきた。

――忠告、感謝する。

それだけ告げると、ハクセキレイはまた折り鶴に戻ってぽとりと畳の上に落ちる。

「よかった、伝わったようですね」

「ああ」

雪泰は瑠璃が巫女だと知っている。詳しくは伝えずとも、夢を視たのだとわかってくれたようでほっと胸を撫でおろした。

ただし、これであやかしに襲われないとは限らない。

（襲われる日が変わるのか、それとも場所が変わるのか？）

不安は完全には拭えない。泉も同じことを考えていたらしく、「次の手を打つ」と言って庭に出た。

異変を感じ取ったのか、猫たちが瞬く間に散り散りになって姿を隠す。

『何をするつもりだ？』

勾仁は瑠璃と共に庭に出て、泉の様子を眺めている。

泉は少し離れたところで人形の式札を取り出し、人差し指と中指を立てて右手を握った。

『土志田泉の名において命ずる。吉将太陰《きっしょうたいいん》、御事《おんこと》ここへ参られよ』

泉のいる場所を中心に、青白い光と風が渦を巻く。

咄嗟に身構えた瑠璃は一歩足を引くも、砂埃に目を細めているうちに光も風も収まり静かになった。

『まあ、お久しゅうございますなあ』

泉が喚んだのは、黒の大振袖を纏った妖艶な女性の式神だった。赤や金の牡丹《ぼたん》柄の優美な衣は、裾を引きずるほど長く華やかだ。赤みがかった長い髪を高い位置で一つに纏め、金色の簪は左右に三本ずつ挿してある。

思わず見惚れる美貌は、しばらく目が離せないほどだった。

そんな式神を前にしても、泉は淡々と挨拶を交わす。

「久しぶりだな。太陰」

『本当に……視えぬようになって以来ですか？　てっきりもう儚《はかな》くなっていると思うておりましたよ？』

くすりと笑いながら手厳しいことを言う太陰は、泉のつま先から頭までをじっくりと見た後でさらに言った。

『あれほど可愛らしかった主はどこへ!?』

よほど悲しかったらしく、その場にへなへなと頽《くずお》れ嘆いている。

そんな太陰を呆れた顔で見つめる泉。

「十六年だ、人は育つ」

『私が契約したのは可愛かった泉禅です！　こんな……こんな……世も末です』

「そんなにか」

人間にとって十六年は長い。

太陰は、泉が大人になってしまったことをしばらく嘆いていた。しかし、ふと顔を上げたところで瑠璃と勾仁がいるのに気づくと目を瞠ってすぐさま寄ってくる。

『あらこんなところに可愛らしい子が！　ちと大きいが可愛らしいからよろしい』

『おい、瑠璃から離れろ』

瑠璃の手を取って喜ぶ太陰を勾仁が睨む。

「あの、はじめてお目にかかります。私は瑠璃と申します。こっちは式神の勾仁です」

『わかっています。泉禅に喚ばれたときに頭の中をちらっと見ましたのでね』

そんなことができるのかと感心していると、泉が右手で額を押さえて「勝手に見るな」と苦悶の表情を浮かべるのが見えた。

『で、何のご用事です？　〝目〟が視えるようになったのならば、もっと早うにこうして喚んでくれればよいものを』

つれないわ、と泣きまねをする太陰は泉をからかって遊んでいるようだった。

勾仁はばかばかしいと言わんばかりに、白けた目を向けている。

泉は真剣な顔つきに戻り、太陰に向き直って言った。

「兄の雪泰を守ってもらいたい」

『雪泰を？　久しぶりに会うたのに式神使いが荒いことですね』

「一刻を争うのだ。勘当された身では俺が行くわけにもいかず、太陰に任せるよりほかはない」

さきほど泉の頭の中を見たと言った太陰は、事情を大方把握しているようだった。

詳しいことは何も聞かなかった。

『仕方ない、引き受けてやりましょう。雪泰とも知らぬ仲ではないですし……泉禅のそばを離れるのは気に入りませんが、退屈凌《たいくつしの》ぎにはちょうどいいですかね』

「感謝する。ああ、雪泰は俺の〝目〟が戻ったことを知らん。太陰を付ければ気づかれるだろうが何も聞かれぬうちは話さなくていい」

『もう、また面倒なことを。そういうことは兄弟の間で先に話をしておいてくれませんか？』

太陰はぶつぶつと文句を言いながらも、袖から取り出したハマグリの形をした紅を開き、小指にそれをつけると唇に塗り始める。

（戦いに行く前に身支度を整える式神もいるのね）

『では、いってまいります』

にこりと笑った太陰は、扇を右手に舞うように高く掲げるとふわりと姿を消した。

「太陰さんは鷹宮へ……？」

「ああ。雪泰は屋敷にいるだろうから」

鷹宮の家の者たちはさぞ驚くだろう。太陰を寄こしたのが誰なのか怪しむ者もいるはず。

先生のことが知られたら……、と瑠璃の胸には不安が広がった。

（でも今は雪泰様を救わなければ）

両親を亡くしたときとは違い、今度は時間に余裕がある。

「どうか間に合って」

瑠璃は必死に雪泰の無事を祈った。

夜になり、あさけの町は静寂に包まれていた。

ここ数日は何人もの客が訪れていたが、今日は十時になってもまだ一人もやってこない。

(今夜はまだ満月じゃない)

そう思うことで不安を消そうとするが、なかなか寝付けずにいた。

そのとき廊下で足音がして、瑠璃は「もしや」と思い玄関へと急いだ。

玄関には薄灰色の長衣に紺色の袴姿の泉がいて、これから出かける様子だった。

「先生、やはり様子を見に向かわれるのですね」

雪泰が行動を変えたことで、未来はどう変わるのか？

舟に乗らずとも無事とは限らない。泉もそう考えているのだろう。

『太陰をやったのにそれほど心配か？　頼りになるから任せたのだろうに』

勾仁は、なぜそこまでと疑問に思っているようだった。

主は式神に任せたらあとは放っておくものだ、とも言い眉根を寄せた。

「信頼はしている」

泉は草履を履き、振り向いて答えた。

「何も起こらないのを見届けにいくつもりだ。勾仁、瑠璃を頼む」

『言われずとも』

先生に安心してでかけてもらいたい。そのためには笑顔で見送らなければと思う瑠璃だったが、どうしても表情が強張ってしまう。

「早く部屋へ戻れ。また風邪を引くぞ」

「は、はい」

「では、いってくる」

「……あの、先生。えっと」

呼び止めたのに何と言っていいかわからない。

焦った瑠璃は、鬼気迫る表情で言った。

「メジナがございます」

「ん？」

今日の夕方にもらってきた魚の話など今はどうでもいい。自分でもなぜこんなことを口走ったのかわからず、言い出したのに「なぜ？」という顔をしてしまった。

（違う、こんな話じゃなくて私はただ無事に帰ってきてくださいと……！）

泉も同じく小首を傾げていたが、ふっと吹き出す。

「大丈夫だ、無事に帰る。煮つけにしておいてくれ」

「わ、わかりました……！」

どうかお気をつけて、という言葉が届いたかはわからない。

泉は足早に歩いていき、その背中が見えなくなるまで見送った。

【六】神弓と甕

多摩川に近づくにつれ、真っ暗な農村部が広がっている。

橋口邸で馬を借りた泉は、予想よりも早く目的の場所へと着いた。コナラやクヌギの雑木林の前で馬を下りると、労うように顔を撫でてからそこに繋いでおく。

(十六年ぶりか……)

この雑木林の奥に、鷹宮の一族が住まう里がある。父、幸長は泉を死んだことにして追放したため、八歳で廃嫡されてから一度も戻っていない。

雑木林の中へ足を踏み入れると、小枝が折れる音がぱきんと鳴る。

夜の冷えた空気に緊張感は高まり、慎重に奥へと進んでいった。

しばらく歩いていくと、見張りがいないことに気づく。

何かがおかしい。鷹宮の護衛も式神もいない、こんなことはあり得ない。

(雪泰……!)

己の存在が見つかるとまずいということよりも、兄の身に何かあったのかと案じるあまり全力で走った。

途中、無残に落ちている紙の札や人形だった物を何度も踏みつける。汗と血の混ざった匂いが鼻をかすめ、誰かがここで怪我を負ったのだとわかる。

嫌な予感を振り払いたくて必死に足を動かし、当主が住む屋敷に近づいた頃、パンッと何かが弾ける大きな音が聞こえてきた。

「太陰！」

屋敷の前には、太陰とひな子、それに雪泰がいた。

周囲には無数の男たちが倒れていて、いずれも意識はなく装束にべったりと血がついている。皆、鷹宮の護衛だった。

「なっ……！」

その凄惨な状況にも驚いたが、雪泰らに向けて太く鋭い爪のようなもので襲い掛かるあやかしを見て愕然とした。

「蜘蛛《くも》……？」

瑠璃が槍と言っていたものは、背中から生える八本の足だった。人間と蜘蛛が合体した風貌で、人の腕には甕を抱えている。伸縮自在の足は長さを変え、本体は仁王立ちしたままで雪泰らを狙って攻撃を繰り出していた。

太陰は両手を前に出し、六角形の光の盾を作ることで攻撃をすべて防いでいる。

雪泰は霊符で火の矢を放つも、蜘蛛のあやかしはあっさりと足で消してしまった。

『はあ、高位の式神がいるからうまい贄がおると思ったのに期待外れだ。当主がこうも弱いとはどういうことだ?』

雪泰を見下ろす目は、残忍で冷酷だった。

泉は駆けつけると同時に攻撃を放つ。

「火の神よ、十悪を滅せ!」

炎がうねりながら蜘蛛の足と本体を包み、あやかしは低い呻き声を上げる。

泉はその隙に、雪泰の下へ走った。

『あら、泉禅が来てしまいました』

太陰が残念そうな顔をする。その声音は余裕がありそうだった。

雪泰とひな子は、突然現れた泉を見て驚きを露《あら》わにしていた。

「一体何があった!?」

太陰と並び、雪泰を庇うように前に出る。しかしその瞬間、蜘蛛を包んでいた炎が霧散し、砕け散った氷の粒が周囲に降り注いだ。

「これは……?」

『氷の刀が砕けたみたいですね。まるで陰陽術のよう』

太陰が大きめの欠片《かけら》を手にしてそう言った。

『この十六年、私がおらぬ間にあやかしも陰陽術を使えるようになったのですか？』

「そんなわけないだろう」

あやかしにこんな術が使えるわけがない、疑問に思った泉は眉根を寄せる。

「泉禅、この技は」

手のひらに落ちた氷の粒を見ながら、雪泰が啞然となり二の句を継げずにいた。考えていることはおそらく同じで、ますます疑問は募る。

（水や氷は、信濃国辺りの陰陽師が得意とするはず）

ただし今はゆっくり考えている時間はない。

泉は術が解けたあやかしに目を向けた。

『ちくしょう……！　まさかまだ陰陽師が残っていたとは』

髪や腕が黒ずんだ蜘蛛のあやかしは、怒りに満ちた目で泉を睨む。

『このカコイ様に火を放つとは許せん！』

「火の神よ、悪しき者を地獄道へ堕《お》とせ」

『っ！』

対話の余地なしと泉はすぐさま術を放つも、胸の中心を貫くはずの炎の刀は除けられてしまう。さらに怒ったあやかしは、まるで子どものように文句を並べたてた。

『おまえは何なんだ！　名を名乗れ！　邪魔するな！』

「敵に名乗る筋合いはない。おまえこそ何者だ？」

『カコイだ。今はわけあってあやかしの姿をしているが、いずれ俺は人間に……』

「わかった。来世は人間になれるよう今すぐあの世へ送ってやる」

泉はカコイが言い終わるよりも先に、轟音《ごうおん》を立てる炎の刀を三本放つ。

（あやかしが人間になる？　そんなことはあり得ない）

一度あやかしに堕ちた人間は、その先はずっとあやかしとして生きるしかない。それなのに、カコイがあまりに自信満々でそう言うので泉は戸惑った。

『食らうかっ！』

素早く飛びのいたカコイは、泉の術をさらりと除ける。

泉は霊符を指に挟み次の術を放つ構えを取りながら、どうにかここから雪泰とひな子を逃がさなくてはと考えていた。

ひな子が泉に向かって、事の次第を説明する。

「あいつが突然攻めてきて『神器を渡せ』と……！　渡さぬなら皆殺しだと言い、瞬く間に蜘蛛の足で皆を貫いていったのじゃ。一部の精鋭が不在とはいえ、ここまでやられるとは情けない。子どもらと侍女を逃がすので精一杯じゃった」

「神器とは、あの弓か」

鷹宮の家宝である神器の弓。どんなに硬い皮や鱗を持つあやかしも、神器にかかれば心臓まで矢が達すると言われている。その存在は秘匿されているわけではないが、これまで神器を狙ってくるあやかしなどいなかった。

(神器が欲しいというよりは、奪って壊すつもりなのか?)

自分の脅威になる神器を手に入れ、この世から消してしまおうという算段だろうと泉は予想する。

「父上は?」

あやかしの奇襲に遭うなど怒り散らして暴れそうなものを、と泉は思う。

これには雪泰が答えた。

「怪我を負ったので護衛らに頼んで逃がしました」

「おとなしく逃げたのか?」

「いえ、少々薬を使って」

本来であれば雪泰こそ逃げるべきなのに、当主として責任を果たそうと残ったのだろう。ひな子も同じく、妻として逃げるわけにはいかないと残ったようだ。

「まったく、家というのは面倒なものだな」

泉がそう嘆いても雪泰は困った顔をするだけで、逃げるつもりはないらしい。

(雪泰が逃げないと決めているなら、ここで片付けねば)

泉はあやかしに向かって尋ねる。

「どこで神器の話を聞いた？　それとも、鷹宮を滅ぼせと誰かに言われたか？」

『鷹宮などに興味はない。たまたま襲った陰陽師が「鷹宮の神器さえあれば」と言っていたから、ここへ来たのだ。まあ、ここの者たちを見れば神器とやらも弱そうだがな。俺が人間になるための試練だと思って、せいぜいがんばることにしよう』

　雪泰は顔を顰め、ひな子に至っては自ら向かっていきそうになって太陰に腕を押さえられていた。

「おまえなど人間になれるものか！　体を貫かれ動けぬ者を、弄んで笑っておったじゃろう!?　おまえの醜悪さにはあやかしすら顔を背けるわ！」

　ひな子の叫びが闇夜に響く。

『女、おまえにはわかるまい。生まれたときから家畜同然の扱いを受け、人としてまともに生きたことのないまま蜘蛛に食われてあやかしになった男の苦悩が……！　だがこの甕があれば食らった魂の分だけ力を得られ、力が満ちれば願いが叶う。俺は人に戻って新しい生を手に入れるんだ！』

　全員の視線が、カコイの抱えている甕に移る。瑠璃の言っていた通り、古びたシビトガメをカコイは大事そうに左腕に抱いていた。

『一、二……十七人でしょうか。あの甕から人の魂の存在を感じます』

　太陰の言葉に、泉ははっと気づく。

（まさか……いや、そんなはずは）

さきほど見た陰陽術と魂が捕らえられた甕。この二つからある可能性が頭に浮かんだ。

「おい、カコイとやら。おまえはいつからその甕で魂を集めている？」

泉の問いかけに、カコイは少し悩むそぶりを見せて答えた。

『いつから？　この甕を手に入れたのが二十年ほど前か……。人間共は大いに争っていて、あやかしの力を貸してくれと頼んできたのだ。敵方の陰陽師を減らしてくれと。俺にとっては敵味方の区別などありはしないのに』

「……その人間共はどうしたのだ？　殺したのか？」

『ははははは』

カコイを使おうとしたのは旧幕府軍かそれとも新政府軍か？

あやかしを利用しようとしたところ、策は失敗に終わり殺されたらしい。

『俺は陰陽師さえ食らえればそれでいい。弱らせたところで魂を吸い取るのは面白い、おまえもさっさとここに入れ』

けらけらと笑うカコイは醜く、泉らは思わず顔を顰める。しかしカコイが思いの外《ほか》よくしゃべる性分だったため、かなりの情報が得られた。

「雪泰、あの甕には陰陽師たちの魂が捕らえられている。そしてカコイは彼らの術を使っている」

「ええ、そのようですね」

「甕の中に信濃国あたりの……松代の陰陽師がいるとしたら？」

泉の仮説に、雪泰の顔色が変わる。

ごくりと唾を呑み込むと、信じられないと動揺で声を震わせながら言った。

「松代の陰陽師……それはつまり瑠璃さんの？」

「ああ、どんな形であれ魂がこの世に留まっているのなら、勾仁が未だ瑠璃のそばにいられるのも説明がつく」

「肉体がなくても魂がこの世に残っているから、式神との契約が切れていないということですか。しかし七年はあまりにも時が経ちすぎて……いや、考えるのは後ですね」

「そうだな。まずは甕を奪わなければ」

泉はカコイの甕に狙いを定める。

(弱らせなければ魂を吸い取れないというのは好都合だ。俺が無事であるうちは甕に捕らわれることはない)

『では、私たちは泉禅が動きやすいよう助けましょう』

太陰は、八本の足を押さえるためにカコイに近づくと言う。

カコイは泉らの狙いに気づいたようで、大人しく甕を渡すわけにはいかないとぎろりと殺気立った目を向けた。

『その男よりもおまえがいい。より強い陰陽師を甕に食わせたいからな』

泉はカコイの狙いが雪泰から自分に変わったと聞き、にやりと笑う。

（雪泰を守りながら戦うより、自分自身を守る方がやりやすい）

問題は、甕を壊していいか判断がつかないことだ。

「泉禅、あの甕はおそらく呪物です。この場で破壊してしまっては魂を救うことができません。神器を使えば壊せますが、手元にそれがない今は甕だけをカコイから引き離さなければ」

雪泰に忠告され、泉はやはりそうかと難しい顔になる。

『私があれの左足をすべて捥《も》ぎましょう。そうすれば甕を奪いやすくなるのでは？』

返事をする前に、目だけで泉の答えを理解した太陰は両手を胸の前で合わせると四角い紙をいくつも創り出す。

青白く光る四角い紙は、素早く回転しながら太陰の手を離れる。

『まいります』

太陰がそれを投げるのと同時に、泉はカコイの左側に向かって走った。

雪泰とひな子が作った結界が、六角形の光の盾になって泉を守る。

『陰陽師が何だ！　人間に俺は倒せない！』

『私は式神ですよ』

攻撃を避けようとしたカコイの隙をつき、太陰が背後に回り、長い簪を手に勢いよく振り下ろす。

カコイは二本の足でそれを防ぎ、ぎっと歯を食いしばって耐えた。

その一瞬の間に、紙の刃が左足四本を根元から切り落とす。

『捕まえました』

『なっ!?』

太陰はにこりと微笑み、簪を握る手にさらに力を込めてカコイを押さえた。艶めく簪にはカコイの背後に迫る泉が移っている。

「土志田泉の名において命じる。呪符退魔急急如り……」

『があああああ！』

障害になる足を奪い、さらに泉の術でカコイの動きを止めて甕を奪えるはずだった。ところが獣の咆哮《ほうこう》のごとく声を上げたと同時に、甕が鈍く光って無数の氷柱が放たれる。その多くは結界で弾かれたものの、一つは泉の左肩を掠《かす》め赤い血が飛び散った。

「泉禅！」

『おや、不覚を取りましたね』

カコイは泉たちから距離を取り、はあはあと荒い息を吐いている。

そのとき、東の木々の隙間から朝陽が差し込むのが見えた。気づけば辺りは白み始めていて、もうじき朝がやってくるのだとわかる。

あやかしが力を発揮できるのはたいてい夜と決まっていて、カコイはまずいという顔をして後ずさりを始めた。

『おまえ！　必ず食らってやるからな！』

「待て！」

逃げようと踵《きびす》を返したカコイを追おうとした泉だったが、甕からさらに細氷が飛んできて反射的に後ろへ飛びのく。

「くそっ」

『逃げられましたか』

悔しさに顔を歪ませる泉の隣で、太陰は頬に右手をあてて困り顔になる。

鷹宮の屋敷に静寂が戻り、あちこちから倒れた者たちの呻き声が聞こえてきた。

「雪泰様！」

振り返れば、血に染まった右腕を押さえる雪泰と寄り添って支えるひな子の姿があった。泉は急いで駆け寄り、羽織の裾を破いて止血を行う。

「すまない、これではただの足手まといですね」

「そんなことはない」

雪泰は力なく笑うと、心配そうな目を向けるひな子に「大丈夫です」と告げる。

はあと息をついた泉は、ここで左腕が痛みを訴えていることに気が付いた。

『毒は？』

「ない。ただの裂傷だ」

『ふむ、頭が回るあやかしではないのですね。あれが間抜けでよかったです』

逃げられておいてよく言ったものだ、と泉は呆れた目を向ける。

（とにかく一度戻ろう）

そう考えたとき、ひな子と視線が合った。

「早く行け。今なら『泉禅』の存在を隠したままでいられるじゃろう？〝目〟が戻ったことについては、今度説明してもらうとしよう」

「……すまん」

太陰には鷹宮に残って怪我人を運ぶのを手伝うよう命じ、泉は密かにこの場を離れた。傷ついた者たちを治療せず去っていくことに後ろ髪を引かれるが、自分はここにいるべき人間ではない。

雑木林の中を足早に歩いていく途中で、瑠璃の不安げな顔を思い出す。

（……瑠璃を泣かせることになるだろうな）

己の父親のことを知ったらどう思うか？

魂があやかしに捕らわれ続けるより、甕を壊し解放してやった方がいい。迷う余地などないはずだった。

（俺にしてやれるのはそれだけだ）

答えはわかりきっているというのに、瑠璃を泣かせることになると想像するだけで重苦しい気持ちがのしかかっていた。

◆◆◆

心地よい五月の風。

袖を紐で縛った瑠璃は、柔らかな光が降り注ぐ中で洗濯に精を出していた。

そろそろ夏の衣を干しておかなければ……と思いながら、大きな桶を抱えて洗ったばかりの手拭いや羽織を竿《さお》にかけていく。

──リィン……リィン……。

響き渡る鈴の音に、瑠璃はぱっと振り向き笑顔になる。

「先生がお戻りになったんだわ」

『早かったな』

濡れた衣を桶に置いたまま、庭から母屋の正面へ回り込んだ。

(先生にまた『心配しすぎだ』って言われてしまう)

顔を合わせれば、ひと目で寝不足だと気づかれるに決まっている。「余計な心配をして」と呆れた顔をされるのだと瑠璃は一人で苦笑いしていた。

「おかえりなさいませ」

無事に帰ってきてくれて本当によかったと安堵したのも束《つか》の間《ま》、馬に跨《また》がって帰って来た泉の顔に疲労が滲んでいることと、加えて袖が切れて血が固まっているのを見て息が止まりそうになった。

「先生!? 腕が……!」

馬から下りた泉は、かすり傷だから心配無用と言う。

けれど、これまでこんな風に怪我をして帰ってきたことは一度もなく、瑠璃は一体何があったのかと狼狽えた。

「あの、傷を洗わなければ」

「後でやる。それから、雪泰は無事だ。太陰は念のため置いてきた」

「そ、そうですか……!　でもこの怪我は一体」

とにかく中へ、と瑠璃は泉を急かす。

勾仁は泉をじっと観察するように見た後で、その切れ長の目を眇めて言った。

『あやかしと戦ったのか？　おまえが傷を負うなど』

　その言葉に目を瞠った瑠璃は、なおさら怪我の手当てをしてゆっくり体を休めなければと泉を案じた。

「今すぐお湯を用意いたします」

「待て、先に話がある」

　厨へ行こうとしたところ、泉は瑠璃の手を摑み呼び止めた。その眼差《まなざ》しからただごとではないと感じ、緊張が走る。

「勾仁、おまえもだ」

『……………わかった』

　瑠璃は泉に手を引かれ、母屋の中へ入った。歩きながらちらちらと泉の左腕を見ては心配になる。けれど、ここでふと気づいた。

（あやかしと戦ってついた傷なら、もっと禍々しい妖気を帯びているはずよね？）

　泉の左腕は刃物で切られたような普通の傷に見えた。一体何があったのだ、と瑠璃の疑問はますます深まる。

　茶の間に入るとようやく泉は瑠璃の手を離し、二人は向かい合って座った。

　真正面からまじまじとその顔を見れば、やはりとても疲れているように見える。

　泉は神妙な面持ちでしばらく口を閉ざしていたが、大きく息をつくと何かを決心した様子で話し始めた。

「昨夜、鷹宮の里があやかしに襲われた」

「里が!?」

夢で視たあやかしが、舟ではなく鷹宮にやってきたのだと瑠璃は直感する。

「敵は蜘蛛の八本の足を持つあやかしだった。自らをカコイと名乗り、瑠璃が予知したように甕を抱えていて、陰陽師たちの魂を集めていた……二十年も前から」

「そんなに昔から?」

瑠璃は唖然とする。

『目的は何だ？　集めて何になるというのだ』

まったく理解できないといった風に勾仁が眉根を寄せる。生気を吸い取りたいなら、直接食らった方が早いと思ったのだろう。

泉はカコイの目的が「人間になること」だと説明する。しかしそれは不可能で、おそらくカコイに甕を渡した者が利用するために嘘を吹き込んだのだろうと言う。

「カコイは、甕の中に集めた陰陽師たちの術を使える。この傷はカコイ自身につけられたものではなく、陰陽術によってつけられたものだ」

泉の左腕から妖力はまったく感じられなかった。陰陽師の術で攻撃を受けたなら、傷を特別に祓う必要はない。

『で、その甕は壊したのか？　あやかしを倒す際に』

「いや……逃げられた」

泉は拳を握り締め、悔しさを滲ませる。

瑠璃はそれを鷹宮の里を守れなかったからだと思ったが、泉の口から出たのはまた別の後悔だった。

「甕の中には十数人の陰陽師の魂が捕らわれている。その中に、おそらく……滝沢成澄殿の魂もある」

「え……？」

『成澄の魂だと？』

七年前、父は死んだはずだった。瑠璃の頭にはその死に顔が浮かんでくる。

（父様の魂が甕の中に？　それは、魂がまだこの世に留まっているということ？）

父亡き後もなぜ勾仁が瑠璃のそばにいられたのか？

ずっと不思議に思っていたことも、泉の話が本当なら説明がつく。

これは何かの夢なのではと呆然としていたところ、勾仁が泉の胸倉を摑んだのを見てはっと我に返った。

『おまえ！　なぜすぐにそのあやかしを始末しなかったのだ！』

「やめなさい、勾仁！」

瑠璃が勾仁の衣を掴んで必死で制するも、泉は冷静だった。勾仁の腕を払い、落ち着いた声音で話を続ける。

「甕は呪物だ。不用意に壊せば魂がどうなるかわからない。浄化の儀礼を行って邪気を祓うか神器で破壊するか、あやかしを倒すだけでは魂は救われない」

『ならば……ならばどうすれば！』

勾仁の怒りで神力が漏れ出し、襖や戸が一瞬にして吹き飛ばされる。瑠璃の頭をそれらが掠め、泉が咄嗟に腕を伸ばして瑠璃を引き寄せた。

『七年だ。七年も成澄はそのような目に……！　私は気づけなかった』

あまりにも悲痛な声に、瑠璃の頬に涙が流れる。

知らなかった。仕方がない。そんな言葉では到底片付けられず、己を責める気持ちが込み上げた。

荒ぶる勾仁に対し、泉が瑠璃を右腕でかばいながら言った。

「あいつは俺を狙ってくる。俺の魂も甕に捕らえるつもりらしいからな。成澄殿を救うには、その際に甕を奪うしかない」

その言葉に、勾仁は殺気立った目で泉を睨む。張り詰めた空気に、瑠璃は言葉を失っていた。

「おまえの力を貸せ」

泉は動じることなく、勾仁に命じる。それには有無を言わさぬ強さがあり、また答えは最初からわかっている様子でもあった。

『…………わかった。だが一つだけ条件がある』

「はっ、主君を助けようというときに条件を出すとは、おまえらしいな」

『おまえこそ、一人では苦労するのだろう？　これは契約だ』

「本当に偉そうな式神だな」

『太陰を鷹宮に残してきたところを見ると、よほど雪泰を守りたいように見える。おまえはやはり人好しだ、そのような甘さではあやかしに負けるかもしれん。手を貸してやろうではないか』

こんなときに何を言っているのか、と瑠璃は困惑する。

しかし勾仁は本気で、その条件とやらを泉に受け入れさせようとしていた。泉は泉で、まるで大したことではないかのようにさらりと受け入れた。

「契約成立だな」

「条件を聞かなくていいのですか!?」

目を丸くする瑠璃に、泉は「聞かなくてもわかる」と答えた。

瑠璃は二人の顔を交互に見て、普段は口喧嘩ばかりなのにどうしてこういうときは意思疎通ができるのだろうかと不思議に思う。

「さて、これから忙しくなるぞ。数日でカコイを迎え撃つ準備をしなくては」

泉は瑠璃から手を離すとすぐに立ち上がり、茶の間を出ていった。

勾仁は座り込んだままの瑠璃に近づき、寂しげな笑みで告げる。

『必ず成澄を救い出す。人の形を成しておらずとも、私には成澄がわかるだろう。運が良ければ、もう一度成澄に会える。待っていてくれ』

最後に慈しむような目で笑った勾仁は、勾玉へと戻っていく。

瑠璃は手のひらの上にある小さな勾玉を見つめ、いよいよ覚悟を決めなければと胸の内で思った。

（父様を救うということは、勾仁はもう……）

勾玉を握り締め、どうか消えてくれるなと切に願う。

瑠璃が感じている寂しさとは裏腹に、五月の穏やかな光が縁側に降り注いでいた。


夜空に浮かぶ大きな満月。泉の姿は多摩川の河原にあった。

今宵は舟を使う客はいない。鷹宮の命令で船頭たちには皆遠くに避難してもらった。

「これでうまく狙えるといいが」

泉が手にしているのは、雪泰から借りたという神器の弓。六尺弱で普通の弓よりはやや短いが、それでも立てると泉の背丈よりは少し長い。

使う者の霊力によりその威力が変わる弓で、泉の霊力であれば呪物を一矢で破壊できるらしい。

『矢は五本か。おまえ、きちんと狙えよ』

勾仁が疑いの目で泉を見る。さきほど「弓はあまり得意でない」と泉が言っていたのを聞いて心配しているらしい。

瑠璃は、少し離れたところにある石造りの常夜灯の下で二人の様子を見守っている。

災厄を流すといわれる流水紋様の紺色の着物に、髪は動きやすいようにまとめて泉からもらった簪をつけた。験《げん》を担《かつ》ぐつもりが、実はこの簪は護符の代わりも果たしてくれると泉から知らされて驚いた。

(この簪をつけていればあやかしからの攻撃を防げるなんて)

泉は、自分がそばにいないときに何かあったらと案じてこれを贈ってくれたそうだ。護符代わりになる簪など、出番がない方がいい。でもその気持ちは嬉しかった。

かがり火に照らされた泉の顔を見つめる。

『本当に来るんだろうな?』

扇を刀に変えた勾仁が辺りに視線を巡らせる。

ときおり強い風が吹くものの、河原はとても静かだった。

「来る。俺の血をつけた手拭いを晒して呼んでいるからな。あやかしは血の匂いに敏感だ。まして、己の獲物の匂いは忘れない」

『血も涙もない男だと思っていたが、血は流れていて安心した』

「安心するところが違う」

『もっと血が必要ならその首を切ってやる。頼りにしていいぞ』

「返り討ちにしてやるわ」

二人が言い争っていると、突然に霧が周囲を漂い始める。

あやかしが現れたのだと察した瑠璃は、胸の前で右手を握り締めて身構えた。

向こうが泉を見つけたように、泉もまたカコイの気配を感じて真剣な表情に変わる。

「勾仁、生かさず殺さずだ。隙を作って甕を奪う、それから殺《や》ってくれ」

『難しい依頼だな』

「成澄殿のためだ」

『くっ……成澄の命がおまえの命くらい軽ければ困らぬものを』

「この悪神を喚んだ主人の顔をどうしても拝みたいものだ！」

立ち込めた霧で視界は悪く、弓を使うには不都合な環境だ。

泉は集中し、どこから敵がやってくるか気配を探っていた。

『これも見たことがある術だ。霧で敵をかく乱する』

勾仁にとっては、成澄が使っていた術をあやかしに使われるなど耐えがたい屈辱だった。瑠璃が見た中でも、これほど怒っている顔は初めてだ。

「来るぞ」

泉のその一言とほぼ同時に、背後から無数の氷槍が飛んでくる。

勾仁は素早くそれを避けながら、先にいるあやかしの下へ走っていった。

(あれが父様を捕らえているあやかし……？)

辺りを覆っていた霧は勾仁が起こした風で吹き飛ばされ、瑠璃の目にもカコイの姿がはっきりと視える。泉が先日の戦いで切り落としたと言っていた足がまた生えていて、青年の背に蜘蛛の足が八本生えた異形にぞっとした。

『足が邪魔だな』

一瞬でカコイの正面まで辿り着いた勾仁は、八本ある足のうち二本を切り落とす。

『くそっ、また別の式神か！』

勾仁の刀を三本の足で防ぎながら、カコイが悔しそうな声を上げる。そこに泉が放った矢が飛んでくるのに気づくと、慌てて後方に飛びのいた。

河原の石にざざっと足が擦れる音がして、カコイと勾仁は睨み合う。

(足の数を減らせば甕に矢が当たりやすくなる)

瑠璃のそんな期待を裏切るように、切り落としたはずの二本の足が即座に復活した。

いくら人ならざる者でも、そのようなことが何の代償もなくできるとは思えない。

『おまえはトカゲだったのか？』

『蜘蛛だ。見たらわかるだろう』

再び八本になった足を誇らしげに見せるカコイ。それを目の当たりにした泉が目を眇めて言った。

「まさか足を治すのも……」

『そうだ、甕で食らった魂を使っている。この間戦ったせいで随分と霊力を使ってしまったが、おまえを食えばまた力は増えるからよしとしよう』

カコイを傷つければ傷つけるほど、回復するために陰陽師たちの魂をすり減らしてしまうことに気づいた泉は舌打ちをする。

（このままでは父様たちを救えない……！）

瑠璃は悲痛な面持ちに変わる。

『ははっ、七年前は不覚を取って甕を氷で封じられてしまったが今度はそうはいかない！　ようやく封印が解けたのだ、強い陰陽師を食らって力を蓄えさせてもらう！』

『……成澄か』

父は為《な》すすべなく倒れたわけではなかった。甕を封じることでカコイに一矢報いていたとわかり、瑠璃は驚く。

（父様のかけた術のせいで、カコイは次の陰陽師を襲えなかったんだ）

『今度は封印ではなく甕もおまえも消してやる』

勾仁が再びカコイに斬りかかる。

その足を切り落とさずにカコイの動きを止めようとするが、八本もある足が四方八方から襲い掛かってきて、なかなかその懐まで刀が届かない。届いたとして致命傷も与えてはいけないとなれば、カコイの動きを止めるのは難しい。

泉は矢をつがえて甕を狙うも、動きが速すぎてうまく狙いを定められずにいた。

激しい打ち合いの末、泉のそばまでいったん引いた勾仁がにやりと笑って言う。

『このままでは埒《らち》が明かん。私があいつを直接押さえて隙を作るから、諸共《もろとも》打て』

「本気か!? 当たればおまえも消えるぞ」

神器は都合よく味方だけを避けることはない。勾仁に当たれば消えてしまう。

泉は難色を示したが、勾仁は躊躇いなくそうしろと言う。

『どのみちおまえが負ければ成澄は取り戻せん。それに、成澄の魂が弱ればその分私の命も短くなるだけだ』

「しかし」

『……瑠璃を任せた。一生離れず守ってやってくれ』

柄にもなく頼み事をした勾仁は、瑠璃と目が合うとまたカコイに向かっていく。

まるで今生の別れのような言い方に、瑠璃は胸が締め付けられた。

「そんな頼み事、勾仁らしくもない」

瑠璃を誰かに任せるなど、勾仁が最も嫌がりそうなことだ。

「まさかあの『条件』って」

勾仁は自分がいなくなった後、泉に瑠璃の面倒を見させようとしていた。別れの時が近いことは瑠璃も察していたが、こんな風な別れ方は望んでいない。

勾仁を失いたくない。そう思った瑠璃は必死で考えた。

「隙ができればいいの……？」

いつも自分は無力だった。でも、あやかしの気を引くことはできる――。

（カコイが無心になるほど気を引かれるものが現れれば隙はできる）

「先生！　勾仁！」

精一杯の大声で二人を呼んだ。

覚悟を決めて簪を引き抜き、おもいきり手の甲にそれを突き刺す。

『瑠璃!?』

「何を……！」

真っ赤な血がぽたぽたと流れていく。

「ふっ……うう……」

痛みと痺れに顔を歪ませ、眦には涙が浮かぶ。

泉はあやかしは血の匂いに敏感だと言っていた。それに、瑠璃の考えが正しければ巫女の血は彼らにとって格別なものだ。

（いるだけであやかしを引き付けるのだから、血を流せばカコイの気を逸らせるはずず）

その場に膝をついた瑠璃は、顔を上げてカコイがいる方を見る。

すると、予想通り瑠璃の存在に気づいたようで驚きで目を見開いていた。

『ああ……ああ』

声にならない声を上げたカコイは、瑠璃に向かって走り出す。

『巫女だ！　巫女を食わせろ！』

八本の足が瑠璃を狙う。

しかしそれが届くことはなく、勾仁が背後から腹を目掛けて一突きにする。さらにはガンッという高い音がして、矢がまっすぐに甕に突き刺さった。

『あ？』

自分が斬られたことにも、甕が破片となって砕け散ったことにもカコイは気づいていないようだった。腹に刀が刺さったまま、なおもふらふらと瑠璃に近づこうとして倒れ込んだ。

「土志田泉の名において命じる。呪符退魔急急如律令！」

青い炎がカコイの体を包み込み、それでもまだ巫女に向かって手を伸ばす様に恐怖を覚えた。

炎が消えた後に残ったものは、灰色の砂だけ。それすらも風に乗って消えていく。

「瑠璃！」

はっと気づけば泉がすぐ隣まで来ていた。

片膝をつき、すぐさま手拭いを取り出し瑠璃の手を止血する。

「こんなことをさせるために簪を渡したわけじゃない！」

勢いよく刺しすぎたらしい。手拭いを真っ赤に濡らすほど、まだ血が流れ続けていた。自分でしたこととはいえ、ズキズキとひどく痛む。

「あの、父様は？」

「……あれを見てみろ」

泉の視線の向かった先には、キラキラと輝く青白い光の粒に囲まれた多くの人魂《ひとだま》があった。

「あれがすべて捕らわれていた魂なのですね」

突然放たれた魂らは、ふらりふらりと漂っている。

勾仁はその中の一つに迷いなく近づき、そっと右手で触れた。すると眩《まぶ》しいほどに光を放ち、次の瞬間には人間の姿に変わる。

肩より少し短いところで切りそろえた黒髪に、きりっとした凜々しい目鼻立ち。しかしそれは勾仁と瑠璃を見ると、途端に和らいだ。

『ようやく自由になれた。苦労をかけたね、勾仁』

『まったくだ』

苦笑いを浮かべたその人は、間違いなく父だった。

瑠璃は力が抜けてしまい、両膝をついたまま動けない。

「父様」

かろうじて漏れ出た声に反応し、成澄がこちらに目を向けた。

『ああ、瑠璃だね？　大きくなって……。近くで顔を見せておくれ』

泉に支えられながら立ち上がった瑠璃は、ゆっくりとそばに寄る。成澄は一歩一歩近づいてくる娘をとても嬉しそうに見ていた。

（父様だわ。本当に、また会えた）

心から愛してくれているのだとわかる温かい笑顔に、まるで幼子にするように「おいで」と手を広げて迎えてくれる姿。

（私はどうして忘れていたのだろう）

その声が、頼もしい腕が大好きだった。再び会えた喜びで胸がいっぱいになり、言葉にならない。

「父様、瑠璃です……！　おかえりなさいませ」

『ただいま。随分と遅くなってしまったね』

成澄はもう触れられないとわかっていながらも、瑠璃の頬にそっと手を当てて愛《いと》おしげに目を細める。

『千草によく似ている。二度と会えぬと思うておったが、そうか……これほど立派になったか』

父は昔から、何をしても褒めてくれた。今もそれは変わらない。七年の間に胸の奥に積もった想いが込み上げてきて、瑠璃はくしゃりと顔を歪ませる。

「父様、わたっ……私は、滝沢の家を守れず、不甲斐ない娘で申し訳ありません」

褒めてもらえるような立派な娘にはなれなかった。

己を責める瑠璃に、成澄は『謝らなくていい』と慰める。

『家を守れなかったのはこの私だ。まだ幼かった瑠璃に苦労をさせてしまった』

悲しげに眉尻を下げる父を見て、瑠璃は「そんなことはない」と首を振る。

支えてくれている泉の衣をぎゅっと握り締めて言った。

「私は今とても幸せです。滝沢の娘としては生きられませんでしたが、今はこうして泉先生のところで……！　ここでずっと生きていきたいと心から思える暮らしをしております」

話しながら、改めて気づいた。

(私は泉縁堂にいることを自分で選んだんだ。恥ずべきことなど何もない)

大粒の涙が零れ落ち、成澄の手を突き抜けて地面に落ちる。

それを見た勾仁は、やれやれといった顔つきで泉を見ながら嘆いた。

『女の涙も拭いてやれぬとは気の利かぬ男だ』

「止血で使ったからもう拭ける物がない。この砂埃に塗《まみ》れた袖ではどうにもならん！」

二人のやりとりを見て、成澄は困ったように笑う。

『私の式神が失礼を……。どうにも気性が激しくて』

「いえ、術者のせいではありませんので」

泉はため息交じりに答える。その口調からは諦めを感じる。

『ははは、そう言ってもらえると助かります。このような式神ですが、瑠璃のことを大事にしてくれるので護衛を任せております。願わくはこれからもそうあってほしいところですが』

瑠璃から手を離した成澄は、泉に向き直って真剣な表情で口を開く。

『旧松代藩邸のそばに延幸寺という祈禱寺があります。そこにある小さな護法堂に、勾仁を喚ぶ術を記した書物を残しました。今なお残っているかは賭けになりますが、できることなら泉殿にそれを預けたいと思います』

式神との契約は誰かに押し付けられてするものではない。成澄は泉に「勾仁を引き継いでくれ」とは言わなかった。

『瑠璃を、どうかお頼みします』

「……………承知いたしました」

泉はかすかに笑みを浮かべ、そう返事をした。

成澄の体から放たれる光が少しずつ弱まっていて、瑠璃は思わず一歩前へ出る。

「父様、もう行ってしまわれるのですか？　勾仁も？」

気づけば父の隣に立っている勾仁も、同じように存在が消えかけていた。

『残念だがこれでお別れだ。私が逝けば勾仁も消える。再び喚び出す者が現れるまではさようならだ』

溢れ出る涙に父の顔が歪んでよく見えず、瑠璃は何度も右手で涙を拭った。

初夏の風が魂を空へ運んでいくように、成澄の姿は光の粒になって消えていく。

『瑠璃、おまえは巫女の能力を持って生まれた。だが、私にとってはただの可愛い娘だ。新しい世で、新しい人生を生きてくれ』

「はい……はい、父様」

『どうか幸せに』

名残惜《なごり》しそうな目をしたまま、その気持ちを振り切るように微笑む。瑠璃も精いっぱいの笑顔で父を見送った。

気づけば周囲にいたはずの魂たちもすべて天に昇っていった後だった。

「瑠璃」

右手で口元を押さえ嗚咽《おえつ》を堪えていると、泉が労わるように両手で肩を抱いてくれた。今ここに一人きりでないことがとてもありがたかった。

「先生、勾仁。ありがとうございました。おかげさまで、私の記憶に父の笑った顔が残りました」

瑠璃は涙に濡れた顔で、笑みを浮かべて礼を述べる。親を亡くした悲しみは深いが、きちんと言葉を交わせたことはこれ以上にない幸せだった。

二人も笑顔で小さく頷いた。

『瑠璃、おまえはこれからいくらでも幸せになれる』

「勾仁……」

柄にもない優しい言葉に、瑠璃は不安に駆られて勾仁の顔を見上げる。その顔はすっきりとしていて、主と会えたことでもう思い残すことはないといった様子だった。

『今後はそこの男が何もかも面倒を見てくれる。悔しいが私はこれまでだ』

「そんな」

『どうしてもと乞われるのなら、また出てきてやってもいいがな』

「え？」

勾仁らしい傲慢な物言いに、瑠璃は呆気に取られる。どう考えてもこちらが頼む立場なのに、やはりこの態度を貫くのかとおかしくなった。

「こっちこそ、頼んでくるなら喚んでやってもいい」

『ふん、おまえに頭を下げるなど絶対に御免だ』

泉も応戦し、瑠璃はおろおろしながら二人の顔を交互に見る。

「勾仁!? 先生!?」

二人ともどこまで本気なのか、この場で瑠璃だけが焦っていた。こうしている間にも勾仁は神力を失っていき、瑠璃が伸ばした手がその腕をすり抜けて摑めなくなる。

それを見た泉は、挑発的な笑みで勾仁に言った。

「主人と共に消えてなくなるなど、そんな従順な式神におまえがなれると思うか？すぐに俺が喚んでやるから覚悟しておけ」

『はっ、それは新しい嫌がらせか？』

「そのようなもんだ」

『成澄の術は容易く真似ることはできん。せいぜい精進することだ』

できることならやってみろ、と言わんばかりの視線を泉に向けた後、勾仁は瑠璃を包み込むように抱き締める。

『では、元気で暮らせ。瑠璃』

「はい……はい、あなたも」

『また会おう。毛倡妓にも世話になったと伝えておいてくれ』

そっと腕を離した勾仁は、笑みを浮かべたまま淡い煙となって消えた。

瑠璃の手に残ったのは、深緑色の勾玉だけ。

「勾仁？ 勾仁……」

呼びかけても返事はなく、もうここにはいないのだとわかる。

右手でそれをぎゅっと握り、胸に抱いて目を閉じる。

（またいつか、会いましょう）

瑠璃の胸に残ったのは、大きな喪失感だけではなかった。これまで苦楽を共にしてきた思い出に、胸が熱くなる。

「俺への挨拶はなしか。あの悪神め」

不満げに呟いた泉に、瑠璃はくすりと笑う。

辺りはすっかり静けさを取り戻し、霧は晴れて美しい星空が広がっていた。

蟬《せみ》の声が響く泉縁堂の裏庭。

縁側の下にいる毛倡妓がため息をついて言った。

『あ〜もう早く陽が暮れないかしら？』

蝶《ちょう》の模様の浴衣を着た瑠璃は、縁側に座りその愚痴を聞いている。傍らには三味線があり、ついさきほどまで懸命に練習をしていたところだった。

「陽が暮れたら三味線は弾けません。もう少しこのままがいいです」

『それもそうね』

相槌を打ってすぐ、ふあっとあくびをした毛倡妓は前足に顔を埋め『夜までひと眠りするわ』と言う。

そこへ泉がやってきて、瑠璃の隣に座った。

「まだ手は痛むか？」

視線は瑠璃の左手に向けられていて、二カ月前に簪で突いたところを気にしているようだった。

「もう治っています。名医が治してくださいましたから」

あの夜、泉縁堂に戻ってからきちんと手当をしてもらったものの、しばらくは動かすことを禁じられてしまった。食事の支度や掃除もするなと言われ、できるだけのことはやらせてくれと泉を説得するのが大変だった。

（結局、先生と二人で何とか食事の支度をして……）

あやかし嫌いの泉も、このときばかりは小鬼たちが入れる場所を増やして水汲みや庭の掃き掃除をするのを許していた。

でも、治りかけた頃になって無理をして傷口が再び開いたときはまた叱られた。しばらくの間は雪泰からの文を運んできたイタチの頭を撫でるのも痛かったから泉が「何もするな」と言うのは当然だった。

さすがに二ヵ月経った今では痛みも引き、手を動かした方が回復は早いというのでこうして三味線の練習に精を出していた。

「無理はよくない。おまえは加減というものを知らぬようだからな」

「すみません」

泉は瑠璃の左手をそっと取り、赤くなった指先を見て眉根を寄せた。

何事もほどほどにと言われていたことを思い出し、瑠璃はすっと目を逸らす。

「まったく、これでは目を離せない」

心底困ったという風に嘆く泉。瑠璃は申し訳なくて小さくなる。迷惑をかけたのは事実で、ただ謝ることしかできない。でも泉はそのようなことは求めていないとわかる。

どうすればこの恩に報いることができるのか、毎日考えているのに答えは出ない。

「あのときは本当にありがとうございました。未だ、何のお礼もできずすみません」

「礼などいらん」

泉はそっけなくそう言うと、瑠璃の三味線をおもむろに取ってそれを弾き始めた。裏庭に三味線の軽快な音色が響く。音の振動が体の芯に伝わるようで、瑠璃のそれとは力強さがまったく異なっていた。

しばらく耳を傾けていた瑠璃が、ふいに弱弱しい声で本音を漏らす。

「先生は何でもできるのですね」

すると泉はふっと笑いながら答えた。

「料理以外はな」

言われてみれば、と瑠璃は反射的に同調する。

「さきほど礼がまだだと言っていたが、あえて言うなら俺の目の届くところで無事でいてくれ。二度と怪我をするな」

「それが礼になりますか？」

きょとんとする瑠璃に対し、泉は「なる」と言い切る。

（怪我をするとご迷惑をかけてしまうから、無事でいるに越したことはないけれど）

じっと泉の顔を見つめていると、縁側の下から毛倡妓の声がした。

『惚《ほ》れた弱みよね～』

そんなばかな、と瑠璃が笑って否定しようとしたところで泉が先に口を開く。

「だったら何だと言うのだ」

「――っ!!」

思いがけない言葉に、顔が熱くなるのを感じた。

(これではまるで先生が私を好いてくださっているみたいな……)

鼓動が速くなり、すぐ隣に座る泉の顔を見られない。

瑠璃の様子がおかしいことに気づいた泉は、三味線を弾く手を止める。しばらく気まずそうに沈黙していたものの、咳払いの後で瑠璃の顔を見つめて告げた。

「こんなところで言うつもりではなかったのだが、俺は瑠璃をずっとそばに置いておきたいと思っている。――できれば、奉公人ではなく妻として」

「それは、あの」

「勾仁に頼まれたからではないぞ」

「あ……」

恐る恐る顔を上げれば、泉が少し緊張気味に瑠璃の反応を窺っているのが見えた。耳まで赤くしたその様子には、勘違いしようがない。

(先生が私を? 本当に?)

ますます顔に熱が集まり、見つめ合ったまま息が止まっていた。

「俺は瑠璃を好いている」

「先生」

何も持たない自分が多くを望んではいけない。泉への気持ちに気づいてはいけない。無意識のうちにそう自制していた瑠璃だったが、本当はわかっていた。雇い主としてではなく、一人の男性として泉を想っていると。

この気持ちを伝えてもいいのだ、と思うと涙が滲む。

(早く、早く返事をしなければ)

早鐘のように鳴る胸を右手で押さえ、やっとの思いで声を振り絞る。

「私も」

ところがここで、母屋に鈴の音が鳴り響く。

――リィン……リィン……。

びくりと肩を揺らした二人は、慌てて飛びのくようにして離れる。

「お客様ですね？」

「俺が出る」

「いえ、私が」

二人して足早に玄関へ向かうと、ちょうど雪泰とひな子が敷居を跨《また》いだところだった。

「何じゃ？　二人揃って出てくるなど」

ひな子が目を瞬かせこちらを見ている。

文には「落ち着いたら顔を出す」とありいつ訪れるかは書かれていなかったのだが、二人が来ると知っていたかのように泉と瑠璃が揃って出迎えたから驚いたのだろう。

泉は「偶然だ」と言い、二人を客間へ案内した。

厨で茶と菓子を用意した瑠璃は、急いで三人の下へそれを運ぶ。

二カ月前、カコイの襲撃に遭った鷹宮の里では奇跡的に死人は出ず、今はようやく落ち着きを取り戻したと言う。

報告を聞いた瑠璃はほっと安堵し、泉と目を合わせて微笑み合った。

「今回のことは、私が神器でカコイを倒したことにさせてもらいました。泉禅のことを話せないのは心苦しいですが……」

雪泰は視線を落とし、申し訳なさそうに話す。

しかし泉がカコイを倒したという真実を鷹宮の者たちに打ち明ければ、さらなる混乱を招くことはわかりきっていた。

「皆を欺いてでも当主として家を守ると決めました」

「それでいい。『泉禅』はもう死んだのだから黙っておいてくれた方が助かる」

雪泰にもひな子にも思うところはあるのだろうが、こうするしかなかったのだろう。

(何が起きても弟のことは隠し通す、これが雪泰様なりの償いなのかもしれない)

これから鷹宮が進む道はつらく険しい。けれど、当主の雪泰を陰で支えるのがほかでもない泉なら、きっと未来は明るい気がした。

「〝目〟が戻ったのはよいことじゃ。だが、当主にふさわしいのは雪泰様だ。文句があるなら私が相手をしてやる」

カコイの一件で、雪泰にもひな子にも泉が再び視えるようになったと気づかれていた。二人とも口外はしないと約束してくれて、泉縁堂には平穏な日々が戻っている。

(ひな子様は先生に「雪泰様を裏切らないでくれ」と頼んでいたけれど、雪泰様も先生を裏切ることはない)

そう思うと、瑠璃は嬉しくなった。

話が一段落したとき、ひな子が瑠璃に対し笑顔で提案する。

「そうじゃ、大事なことを忘れておった。また今回も瑠璃殿にも迷惑をかけたと聞き、礼をしようと思うてな？」

「え？　いえ、私は何も」

何もいらないと手を振る瑠璃だったが、ひな子は袖の中からじゃばらに折った紙を取り出しそれを広げて見せた。

「さあ、私が方々に声をかけて集めた、結婚相手にふさわしい選《え》りすぐりの男たちじゃ！　泉はなかなか腰が重いようなのでな、すぱっと捨てて新しい男に嫁いでみてはと思うたのだ！」

「えええ！」

まさかこれが礼ということなのだろうか？

（確かにいい嫁ぎ先を用意することは、褒美《ほうび》としてよくあることらしいけれど）

瑠璃は顔を引き攣らせる。

泉もぎょっと目を瞠り絶句していた。

「ひな子、さすがにそれは」

雪泰も困り顔で妻を制する。

しかしここで誰よりも強く否定したのは――――。

『瑠璃はやらんぞ！』

「勾仁!?」

帯に挟んでいた勾玉から勾仁が現れる。

成澄が残した書物を得た泉によって、再び喚ばれたのがひと月ほど前のこと。術者が泉に変わっても、勾仁は相変わらず瑠璃だけを守る式神だった。

扇を手に胡坐をかき、「どこの馬の骨だ」とひな子の持っていた紙を睨む。

「そなたは瑠璃の式神か？　どの嫁ぎ先もよい家じゃ、よく見るがいい」

『断る』

ひな子に対しても勾仁の態度は一貫していた。

一方、もう一人の式神も気まぐれに現れては自由気ままに振る舞っている。

『私も瑠璃にはずっとここにいてほしいです』

「太陰、おまえもか」

いつの間にか泉の背後にいた太陰は、悲しげに目を伏せる。

それを見た雪泰はあははと明るく笑って言った。

「随分と賑やかになりましたね。庭には猫も増えましたし、何やら色々な気をあちらの茂みから感じます」

「そうですね……気づけば大家族になりました」

これには瑠璃も苦笑いするしかない。

毛倡妓以外にも半妖の猫たちが住み着き、小鬼たちもいる。式神も勾仁と太陰の二人に増えた。泉縁堂はこの一年でとても賑やかになっていた。

「それで、本当に縁談はいらぬのか？」

ひな子は残念そうというよりは、泉を盗み見てはにやりと笑っている。泉をからかいたいのだろうとわかったが、以前とは状況が変わっていることをひな子は知らない。

瑠璃は少し俯きながら、頬を染めて伝えた。

「あの、実は私はこの先もずっと泉先生のおそばにいることになりましたので……縁談はお断りいたします」

口に出すのはこれが精いっぱいだった。

隣にいる泉をちらりと見ると瑠璃の気持ちはきちんと伝わったらしく、はっと息を呑んだ。

「…………」

「…………」

二人とも黙っていると、すべてを察した雪泰が「ああ」と呟く。

しかも勾仁が不満げな顔で『私はまだ許していない』と言えば、ひな子もさすがに気づいたらしい。

「雪泰様、祝言には私の白無垢などを貸してやってはどうじゃ？」

「そうですね。先に嫁いだ姉から婚礼衣装を借りるのは縁起がいいと言いますし、私も賛成です」

いきなり祝言の話を進める兄夫婦に、泉が「誰が姉だ」とじとりとした目を向ける。

その後も雪泰とひな子は楽しげに祝言の計画を口にして、終始笑顔で帰っていった。

（お二人がお元気そうで何よりだけれど、もう祝言の話だなんて……！）

流れるように進む話に、瑠璃はついていけずに戸惑う。

（先生にも自分の気持ちをはっきりとお伝えしたいのに）

桜の木の下で、蟬の鳴く声を聞きながら瑠璃は頭を悩ませる。

「瑠璃、何だかすまないな」

「いえ、こちらこそすみません」

泉は腕組みをしながら、はあとため息をついていた。

表に二人きり。想いを告げるなら今しかないと思った。

「先生」

緊張で喉が渇く。背中に汗が伝うのは暑さのせいなのか、それとも冷や汗なのかわからない。今にも卒倒しそうな気分だが、それでも必死に気持ちを伝える。

「私は先生をお慕いしています……！　私こそずっとそばに置いてほしいです」

言えた、と思った瞬間ふわりと香のかおりが鼻先をくすぐる。泉に抱き締められているのだと気づくまでに、しばらくの時間がかかった。

「よかった。今の今まで勘違いかと実は案じていた」

「そのようなことは……」

恐る恐るその背に腕を回せば、さらにぎゅうっと力を込めて抱き締められる。

茜色に染まりつつある空の下、ずっとこの腕の中にいてもいいのだと思うと幸せすぎて胸が痛んだ。

（きっとこれからも私たちの暮らしは変わらないだろう。同じ屋敷で寝起きして、共に食事をして、先生がでかけるのを見送って、帰ってくるのを出迎えて……そんな日々が続いていくのが嬉しい）

そっと腕を離せば二人の目が合い、自然に笑みが零れる。

額が付くくらいの近い距離に胸が高鳴り、少しずつ近づく唇に緊張感が高まった。

『だから瑠璃はやらんと言うておるだろう！』

「っ！」

突然に響き渡る怒号に、驚きすぎて悲鳴すら上げられなかった。

慌てて離れた二人は、気まずさで同じように顔を赤くする。

『油断も隙もない』

『でも瑠璃が望むことならそれは仕方ないんじゃない？　夫というより僕《しもべ》ができると思えばまあ……』

『だとしても許せん』

いつの間にか毛倡妓まで足下にいて、小首を傾げながら意見を口にする。

桜の木に右手をついて項垂れた泉は後悔に襲われていた。

「なぜ俺はこんな悪神を喚んでしまったのだ……？　ずっと勾玉のままでよかったのだ」

『今さらね、後悔先に立たずよ！』

「おまえもまとめて祓ってやろうか」

『ふふっ、百年早いわ』

毛倡妓がくすりと笑う。お人好しのおまえにそんなことができるのか、とその目が言っていた。

瑠璃は頰の熱を手の甲で取りながら、皆があれこれ言い合うのを聞いていた。

（賑やかなのはいいけれど、今だけは二人きりにしておいてほしかった）

でもそんなことを口に出せるはずもなく、恥ずかしさから俯く。

そこに大きな右手がそっと差し出された。

「戻ろう。こいつらと話していたら頭がおかしくなりそうだ」

「それは大変に申し訳なく……」

瑠璃が連れてきた二人だけに、謝るしかなかった。

左手をそっと重ねれば、優しく握り返される。

石畳の上を草履が擦れる音がして、二人はゆっくりと母屋へと戻っていった。

一年前までは互いの存在すら知らなかったのに、今では誰より近くにいて、こうして手を取り合って歩いていることは奇跡だと思った。

帝都の片隅で、瑠璃が瑠璃として生きていけるのは泉のおかげである。

「不思議な縁で繋がっているものですね。人も、あやかしも」

しみじみとそう言うと、泉は天を仰いで困った顔で嘆いた。

「実に面倒なことだ」

その様子に、瑠璃はくすくすと笑う。

こんな風に言っていても、何かあれば手を差し伸べてしまうのだからやはり泉はお人好しなのだ。

いつまでも、末永く幸せに。大切な人を支えながら生きていきたいと瑠璃は願っていた。

―――本書のプロフィール―――

本書は書き下ろしです。

小学館文庫

帝都《ていと》の隠《かく》し巫女《みこ》

零《こぼ》れ桜《ざくら》が繋《つな》ぐ縁《えん》

著者 柊《ひいらぎ》 一葉《いちは》

二〇二四年三月十一日　初版第一刷発行

発行人　庄野　樹
発行所　株式会社 小学館
〒一〇一-八〇〇一
東京都千代田区一ツ橋二-三-一
電話　編集〇三-三二三〇-五六一六
　　　販売〇三-五二八一-三五五五
印刷所――――TOPPAN株式会社

ISBN978-4-09-407342-3